目次

第一章　血塗られた月　5
第二章　我が子の首　27
第三章　妖しい娼婦　44
第四章　哀しく散る恋　57
第五章　芳流閣《ほうりゅうかく》の決闘　95
第六章　両性具有　109
第七章　呪いの炎　132
第八章　毒娘と首斬り役人　159
第九章　浜路の行方　190
第十章　庚申山《こうしんざん》の妖怪　257
第十一章　養老河原の石合戦　302
第十二章　悪霊の城　337
第十三章　八人目の男　353

第一章　血塗られた月

1

太郎吉《たろきち》は、それを見て思わず足をとめた。

「お父《と》う……」

不安気な声で父の源次《げんじ》を呼ぶ。

山はすっかり暗くなっていた。

源次の姿は樹々《きぎ》の間に隠れて見えない。

「お父う‼」

太郎吉が叫んだ。

大きな松の木の向うから、柴《しば》を肩にした源次が姿を現した。

「いつのまにか暗くなってしまったな。そろそろ帰るべ、太郎吉。あみ茸《たけ》がこんなにあった。お母《つか》あが喜ぶ」

太郎吉が表情をこわばらせているのを見て、

「どうした？」

「あれ……」

太郎吉が指さしたところ、鹿野山《かのうざん》の向う九十九谷《くじゅうくたに》のあたりに大きな月が出ていた。

「月じゃないか……」

「いつもより大きい……」

「今頃《いまごろ》の月は大きく見えるものなんだよ」

「へんに赤い色をしている……」

「月の出の頃は、よく赤く見えることがある……」

六歳になって、ようやく山仕事にもついて来られるようになった太郎吉だったが、月を怖がるようじゃ、まだまだ幼児《ねんね》だなと源次は思った。

「帰るべか……」

源次は太郎吉の小さな手を握った。

太郎吉が力一杯握り返してくる。その力の入れ方が可愛《かわい》らしく、源次は太郎吉の手をしっかりと握り返して山を降りた。そして、改めて太郎吉の言った月を見た。

鹿野山の上に、大きな赤い月が出ていた。確かに、いつもの月よりも大きく、いつもの月よりも赤いような気が源次にもした。

血の滲《にじ》んだようなどんよりとした赤い月は、妙になまなましく、血の通った獣《けだもの》のように思えた。暗黒の宙に浮いて、ひっそりと息づきながら夜の闇《やみ》を睥睨《へいげい》しているように見える。

今までに見たことのない月だった。

源次は、不意に山の暗さを意識しはじめた。隅々まで知りつくしているはずの裏山なのに、見知らぬ場所へ迷い込んだような気がしてきた。

思わず振り返った。

山の暗闇に、黒々とした樹々が無数に立っている。何度も見慣れた夜の森だ。

しかし、どこか違った。

「太郎吉……」

今度は、源次の方が太郎吉の手を握りしめていた。

「お父う！」

太郎吉がしがみついてきた。

次の瞬間、二人は走り出していた。すっかり暮れてしまった夜の山の中を、熊笹《くまざさ》を蹴《け》ちらすようにして、必死で走った。

一瞬、山のなかの木の葉がすべて騒《ざわ》めき立った。風はない。気のせいなのか。

しかし、山のなかのすべての樹々が、葉を騒めかせながら自分たちを追いかけてくるような気が、二人にはしたのだ。

夜の闇が、得体の知れないけものとなって自分たちを追いかけてきている。

赤い月が、せせら笑いながらどこまでも追いかけてくる。

「あッ……！」

太郎吉が転んだ。

源次は柴もあみ茸も放《ほう》り出して、太郎吉を小脇《こわき》に抱えて走った。山の斜面を転びそうになりながら走った。茨《いばら》や熊笹が手足を傷つけるのもかまわず走った。麓《ふもと》に降りると、泥まみれになりながら田んぼを横切って走った。

「どうした⁈」

息を切らせて飛び込んで来た二人を見て、女房のとみが驚いた声を出した。

「お母あッ‼」

太郎吉が母の体にしがみついていった。

源次は戸を閉めると、しっかり閂《かんぬき》をかけた。

「どうした、お父う？　熊でも出たのか？」

源次は、閂を力一杯押しながら首を振った。

熊よりももっと怖《おそ》ろしい得体の知れない生きものが、いまにも戸を蹴破って入って来るような気がしたのだ。

血に塗《まみ》れたような月が、突如として飛び込んできそうな気がした。

「どうしたんだ、太郎吉？」

自分の体に力一杯しがみついている太郎吉を、とみは抱きしめた。

「お月さまが……お月さまが赤い……」

「お月さまが⁈」

「赤い大きなお月さまだよ」

太郎吉は震えていた。

何のことやら分からず、とみは源次の方を見た。少しは落着いてきたものの、さきほど自分の体の中を走った訳の分からない恐怖を、源次は、とみにどう説明していいか分からなかった。

「気味の悪い月が出ている……」

その時、遠くから人が歌い騒めく音が聞えて来た。

「何だ、あれは？」

「名主さまのところの婚礼の宴《うたげ》がまだ続いているんだよ」

源次は、風に乗って聞えて来るさんざめきに、不吉なものを感じた。

「こんな時に婚礼なんて……」

赤い大きな月が、村の真上に昇ってきた。

2

婚礼の宴で、山屋《やまや》忠兵衛《ちゅうべえ》は酔った体をふらつかせながら踊っていた。足がおぼつかなく踊りの体《てい》をなしてない。

「いいかげんにしなせえよ」

女房のたけがとめたが、忠兵衛は踊りをやめようとしなかった。

今宵《こよい》の忠兵衛は「花嫁の父」であった。

隣村の名主である山屋忠兵衛は、一人娘のゆきをこの村の名主・千軒《せんけん》 庄右衛門《しようえもん》の息子、庄三郎《しようざぶろう》に娶《めと》らせることにしたのだ。

庄三郎とゆきは、誰《だれ》の眼《め》にも釣合のとれた似合いの夫婦《めおと》であった。「花嫁の父」はそう思えない。相手の男が殿様だろうと、そうは思えなかっただろう。

今宵のゆきは、輝くばかりに美しかった。

今夜だけではない。ゆきは、まだ年頃にならないうちから、村の男どもを騒がせた村一番の美しい娘だった。すれ違うと、ふっと花の香のしてきそうな娘であった。愛くるしい顔とみずみずしい白い肌は、どんな男の心をもそそった。

白い花嫁衣装をつけて、しとやかに坐《すわ》っているゆきに、祝言に来た客たちは、誰も眼を奪われた。

婚礼の宴は昼前からえんえんと続いていた。時間の定まっている今の披露宴と違って、入れ替り立ち替りやってくる客のために、飲めや歌えの宴がいつまでも続くのだ。花嫁花婿、とくに花嫁にとっては、衆目の晒《さら》しものにされているようなものだが、長い披露宴は家族や隣人、友人、そして親類縁者たちに、花嫁が嫁として承認されるための重要な儀式だったのだ。

長い祝宴に一番うんざりしていた花婿の庄三郎は、そっと手を伸してゆきの指に触れた。一瞬、頬《ほお》を染めながら、ゆきも庄三郎の指を握り返してきた。その指に力がこもっている。

「おとなしい顔をしているが、この娘は案外情熱的かも知れんぞ」

庄三郎の想《おも》いは、その夜の楽しみに走った。

酔眼朦朧《すいがんもうろう》と踊る忠兵衛の眼にも、ゆきが庄三郎と指をからめ合うのが見えた。忠兵衛の身ぶり手ぶりが一層大きくなった。

「今夜はつぶれるまで踊ってやる」

花嫁の父はそう思った。

花婿の庄三郎がその夜の楽しみを頭に思い描いていた時、花嫁のゆきが男にしてはしなやかな庄三郎の指の感触を思い出し、今宵あの指がどんな風に自分の体に触れてくるか思いめぐらせていた時、そして、忠兵衛が踊りつかれて坐り込んでしまった時、一人の男が、暗い庭の一隅で、さんざめく座敷の物音にひっそりと耳を傾けていた。

男は、山屋忠兵衛のお供として来ていた、下男の定一《さだいち》であった。

下男の定一が幾つになるか誰も知らない。主人の忠兵衛にしても、人に聞かれると一瞬返答につまった。定一は、ひどく年をとっているようにも思えたし、まだ若いようにも思えた。どっちにしても、傴僂《せむし》の下男の年を気にするものなど誰もいなかった。

定一は、他の男同様、村一番の美しい娘のゆきに秘《ひそ》かな欲望を抱く男盛りの年齢だった。一人寝の褥《しとね》で、何度ゆきを全裸にしたか分からない。まろやかな肩、ゆるやかにくびれていく腰の線、そして手のなかで弾むような乳房、張りつめた腰、まっ白い二本の肢《あし》。

空想のなかで、定一は何度ゆきと交ったか知れない。白い体がくねる様、体から立ち昇る甘い匂《にお》い、定一はすべてを頭のなかで作り上げていた。

「ゆきは俺《おれ》のものだ」

さんざめきの聞えて来る暗い庭の一隅で、定一は押し殺した声でつぶやいた。

「そうだ。その通りだ」

どこかで声がしたように思った。

定一は思わず顔を上げた。誰もいなかった。自分のつぶやきに思わず自分で答えてしまったのだと苦笑しながら、定一は、自由にならないその背を伸した。

槙垣《まきがき》の向うに大きな赤い月が昇っていた。血塗られたような月は、どんよりとした赤さを増していた。

定一は魅入られたようにその月を見た。しばらくの間、身じろぎもしないで見つめていた。

やがて、定一の体がそろりと動いた。手が、庭の片隅に立てかけてあった鋭利な斧《おの》を取った。

ひんやりとした光を放つ斧を握りしめたまま、定一の体はさんざめく座敷に向って動き始めていた。

3

たを、だらしなく酔いつぶれてしまった忠兵衛をけが小言を言いつつ席に戻した忠兵衛それがいい潮時だと思えて、

「それでは、皆様方今夜のところはこの辺で……」

と、庄右衛門が客たちに終宴の挨拶《あいさつ》をした。

庄三郎とゆきはホッとした。二人にとっては待ちに待っていた言葉だった。

二人は眼と眼を交した。そのどちらもが熱い想いで満ちあふれていた。

その時、黒い小さな影が座敷に躍り上って来た。手に白く光る斧を持っている。

最初に気づいた近所の男が思わず声を上げようとした。その頭上に定一の斧がひらめいた。

男は声を上げるひまもなく崩れ落ち、血飛沫《ちしぶき》が天井に迸《ほとばし》った。

畳に血が飛び散る。定一の小さな体も血で染った。

返り血をあびた異様な姿で、定一は座敷の真中に向って歩いていった。手にした斧も血で濡《ぬ》れている。

座敷の真中には、ゆきがいた。

「ゆきは俺のものだ」

定一は押し殺したような声で言って、ゆきに近づいていった。

座敷にいるすべての人間の動きが止まっていた。何が起ったのか、自分がどうしていいのか、誰にも分からなかったのだ。

「定一……」

酔のさめた忠兵衛が、ふ抜けた声を出した。

定一は、ゆきに近づいていった。花婿の庄三郎が思わず後ずさりする。

「ゆきは俺のものだ」

定一はまたそうつぶやくと、庄三郎に向って血まみれの斧を振りかざした。

「ひぃーッ‼」

声にならない声を発して、庄三郎が転げるように部屋の隅に逃げた。母親のふくが、その体をしっかりと抱きしめる。

定一は、掲《かか》げた斧をゆきに向って振り下した。

その刃が、ゆきの白い喉《のど》のところでぴたりと止まった。ゆきがごくりと唾《つば》を飲む。

「お前は俺のものだ」

定一は斧を突きつけたまま、もう一度言った。何事か分からぬままに、ゆきは慌てて頭を振った。

定一は、白い花嫁衣装を摑《つか》むと、ゆきを奥の部屋に向って引きずっていった。小さな体にしては驚くほどの力だった。

奥座敷の戸を荒々しく閉じると、定一は、ゆきを見つめながらもう一度言った。

「お前は俺のものだ」

4

定一とゆきの姿が奥に消えて、人々は初めて我に返った。

「神崎《かんざき》さまを呼べ！　神崎さまを!!」

庄右衛門が叫んだ。

神崎というのは、昼の間に披露宴に顔を出した問注所《もんちゆうじよ》の役人だった。

庄右衛門の下男が表へ向ってすっ飛んでいく。屋敷の門を出たところで、下男は思わず立つくした。一人の男が、下男を待ちうけるように立っていたのだ。

「どうした？」

男は喉をきしませるような声で聞いた。そのかすれ声は、妙に人を威圧するところがあった。

「狼藉者《ろうぜきもの》が……」

「そうか」

男はそれだけ言うと、当然のように下男の提灯《ちようちん》を取り上げて屋敷に入っていった。

「私は問注所へ……」

提灯がなくては行けないのだと言おうとした時、男が振り返って言った。

「まかせろ」

闇のなかに浮び上ったその顔を見て、下男の足が竦《すく》んだ。

提灯のあかりに照らし出された男の顔は、妙につるりとして滑《ぬめ》るように白く、皺《しわ》ひとつなかった。切れ長の眼が強い光を帯びており、眼のまわりが紅《あか》いのが異様な感じだ。

下男は、すぐに男に逆う気持をなくした。この男なら何とかしてくれるに違いない。確信が下男の心に生まれていた。

男はまっすぐに庭を横切ると、披露宴の行われていた座敷に物も言わずに上っていった。

「問注所は?!」

下男が見知らぬ者を連れて戻って来たのを見て、庄右衛門が下男を叱《しか》りつけた。下男がどう説明していいか分からず立往生している間に、男はまっすぐに奥へ向っていく。

男の体から発せられる妖気《ようき》のようなものに、座敷にいた人々は立ち竦《すく》んでただ見守るだけだった。

男は奥座敷の戸を開けた。

ゆきに斧をつきつけ、裸に剝《む》こうとしていた定一が、再びゆきの頭上に斧を振り上げた。

「入って来たらこの娘を殺す‼」

男は敷居のところに立ったまま、表情も変えなかった。ふちが紅みを帯びた眼で、じっと定一を見つめている。

座敷の人々も、息を呑《の》んで二人の対決を見守った。

「ゆきが……」

娘を殺されてはたまらないと思った忠兵衛が、何か言おうとしたが声にならなかった静まり返った部屋のなかで、男も定一も動かなかった。ゆきも忠兵衛も庄三郎も庄右衛門も、ぴたとも動かなかった。

定一を見つめる男の眼が、さらに紅みをます。紅い眼に見据えられて、定一は金縛りにあったように立ち竦んでいた。

男の腕が不意に動いた。長く華奢《きゃしゃ》な指が二本、するすると定一の顔めがけて動いた。自分の眼に向ってまっすぐに突き進んで来る指に、定一が慌てて斧を振り下そうとした。

しかし、次の瞬間、二本の指に眼を突き貫《ぬ》かれて定一は仰向《あおむ》けに床にぶっ倒れていた。まわりの人間には、何が起ったのかよく分からなかった。息をつめて見守っていたにもかかわらず、人々が眼にしたのは、するすると伸びる白い二本の指と、音をたてて床に叩《たた》きつけられた定一の姿だけだった。

定一はその瞬間に息絶えていた。

定一の体が自分から離れると同時に、ゆきは気を失った。男が素早くゆきの体を抱きとめる。

男の体が異様になま温かったのを、ゆきは憶《おぼ》えている。そして、気を失う瞬間に、男がゆきの眼を覗《のぞ》き込むようにして言った言葉も。

男は、こう言ったのだ。

「お前には後で用がある……」

その夜、庄三郎がゆきと床入りをしたのは、夜明け近くになってからだった。

血なまぐさい事件のあった後だったから、その夜だけはゆきを家へ連れて帰ると、忠兵衛もたけも主張したのだが、

「一度嫁入りをした身ですから、私はこの家にいます」

当のゆきがそれを拒んだ。

その夜のゆきが欲しかったのは、父母《ちちはは》のやさしい愛情ではなく、力強く抱きしめてくれる男の腕だったのだ。男の強い腕で力一杯抱きしめてもらわなければ、嵩《たか》ぶった気持が静まらないような気がした。庄三郎の手で自分の体を滅茶苦茶にされて、早く恐ろしい事件を忘れてしまいたかった。

「庄三郎さま‼」

二人きりになると、ゆきは庄三郎の体にしがみついた。

「怖かったか？」

「はい」

庄三郎には、ゆきの脅えが可愛らしく思えた。震えながらしがみついて来る女体は、男の欲望を刺激する。血なまぐさい事件は、若い二人にとって強烈な媚薬《びやく》だったのかも知れない。

庄三郎は、ゆきの柔らかい唇を力一杯吸った
「もう大丈夫じゃ」

そう言ってまた吸った。定一が斧を振り上げた時、ゆきのことなど忘れて一人転げるようにして逃げたことなど、庄三郎は忘れていた。

ゆきも唇を吸われるままに、体の力をすべて抜いて庄三郎に身をゆだねた。

「もっと強く吸って、もっと強く吸って」

ゆきは心の中で叫んでいた。

「早《はよ》う何もかも忘れさせて！」

ゆきの心からまだ不安が去っていなかった。気を失う寸前に、あの男が囁《ささや》いた言葉がまだ耳の奥に残っていた。

「お前には後で用がある……」

蟇田《ひきた》素藤《もとふじ》と名乗った男は、屋敷の離れに泊っていた。

鼻筋が通り切れ長の目の鋭い、なかなかの美男なのだが、つるりとして皺ひとつない無表情な顔と、眼のふちの妙に紅いのがなにか気味悪く、庄右衛門たちも早々に屋敷から出ていってもらいたかったのだが、花嫁の生命《いのち》の恩人だから、無下には出来ない。

精一杯の酒と肴《さかな》でもてなし、

「よろしければお泊り下さいませ」

と、型通りの挨拶をすると、男はそのまま離れに泊ることになったのだ。男は、何処《どこ》へ

行くとも何処から来たとも言わなかったが、すっかり夜の更けてしまった山麓《さんろく》の村からは、何処へも行きようがなかった。


庄三郎は、ゆきの胸をはだけた。

白いふくらみがふたつ、衿《えり》の間から半ば覗く。

充分に熟したそのふくらみを一気に晒してしまうのはあまりに惜しく、ふくらみが半ば覗いたところで、庄三郎は、衿の間からそっと手を差込んで乳房に触れていった。

しっかりと眼を閉じて体を固くしていたゆきが、熱い吐息をもらす。

宝物でも扱うように、庄三郎はゆきの乳房を揉《も》んだ。

思っていた通りの柔らかさと、思っていた以上の弾みを、ふくらみは庄三郎の指に伝えて来た。

寝衣の下で、ゆきの乳首が固くそそり立っている。

庄三郎が摘《つま》むと、

「あ……」

と、ゆきは小さな声を上げて庄三郎にしがみついてきた。

庄三郎の指が、もう少し強く乳首を摘んだ。ゆきが鼻にかかった声を出す。たまらなくなった庄三郎は、乱暴にゆきの寝衣をはだけた。

帯紐《おびひも》をむしり取るように外すと、ゆきのすべてを露《あらわ》にして行く。

ほの暗い灯りの下で、全裸に晒されたゆきの肉体は、思っていた以上に豊満だった。男の前に無防備に横たえられた女体は、その色香で自分を守ろうとするのか、白い肌がいっそう艶《つや》やかさを増した。

閨《ねや》が甘い匂いで満ちた。

「俺の宝物だ……」

庄三郎は心の中でつぶやいた。

突き上げるようなふくらみの頂点で、恥ずかしそうに震えている薄桃色の小さな乳首。削《そ》いだようにへこんだかと思うと、ゆるやかな盛り上がりを見せる下腹部。そして下肢の細さが信じられないような逞《たく》ましさを持った太股《ふともも》。白く柔らかな女体のなかで、そこだけは動物的な猛々《たけだけ》しさを感じさせる黒い翳《かげ》り。

庄三郎の眼が自分の体を隅から隅まで舐《な》めるように見ていることは、眼を閉じているゆきにも分かった。

それだけで、体が濡れて来る刺激だった。

ただ、今のゆきは、もっと滅茶苦茶に庄三郎に触れて欲しかった。もっと乱暴に扱われて、我を忘れてしまいたかった。庄三郎の寝衣を通してはっきりと感じられる硬いものに、早く自分の体を引裂いてほしかった。

「庄三郎さま……」

ゆきが蕩《とろ》けそうな声を出した。

声に誘われるように、庄三郎の手がゆきの白い腹に触れてきた。

「あ……」

深い溜息《ためいき》とともに、ゆきの腰が心持ち浮き上った。

「ゆき……」

我慢しきれなくなった庄三郎が、ゆきの体を大きくひろげた。

「ああ……」

ゆきが腰をせり上げるようにして、体の奥底まで庄三郎の眼に晒す。

「来て……早く……」

その時、閨の襖《ふすま》が音もなく開いた。

蟇田素藤がその向うに立っていた。

ゆきは眼を閉じ、体を小きざみに震わせている。

「ゆき……」

固いものが、ゆきの柔かな襞《ひだ》を割った。

その瞬間に、素藤の足が蹴り上げられていた。

「ぎゃッ‼」

顔を蹴られた庄三郎が、犬か猫の断末魔のような声を上げて、ゆきの体の上からすっ飛んだ。

紅い眼が、自分の体をじっと見下している。射すくめられたように、ゆきは紅い眼を見つめていた。肉体《からだ》のすべてを男の眼に晒していることも忘れてしまっていた。闇の隅に叩きつけられ、ぴくりとも動かない庄三郎のことも忘れてしまっていた。

素藤は、ゆきを見据えながらそばにかがんだ。

「きれいな肌だ……」

かすれ声がそう言った。

「裏を見せてみろ」

ゆきは、うつぶせになった。

「若い艶やかな肌だ」

かすれ声がもう一度言った。

「這《は》え」

ゆきは這った。

「肢をひろげろ」

ゆきは言う通りになった。

紅い眼が、ゆきのすべてを見ている。

「もう一度表だ」

ゆきはまた前を晒した。

素藤の命じるままにくねった。

「両手を上げろ」

ゆきが両手を頭上に上げた。

「肢をひらけ」

ゆきは完全に無防禦《むぼうぎょ》な姿態となった。

「もっと大きく」

ろうそくの灯りの下で、白い女体が素藤の命じるままにくねった。

そして——

千軒庄右衛門は女の叫び声で眼をさました。

奈落《ならく》に落ちて行くような頼りなげな女の叫び声——庄右衛門は、すぐにそれが何の声であるか理解した。

ゆきが、屋敷中に響き渡るような声を上げている。初めて嵐《あらし》にあった娘が、大きな波のうねりに押し上げられ引き落されるたびに、耐えきれなくなって上げる悲鳴だった。今度はどんな波に押し上げられたか、どんな高みから引き落されたか、はっきりと分かった。

庄右衛門はぞくりと胸を騒がせた。

「庄三郎の奴《やつ》もなかなかやる……」

思わずつぶやいた。

「あの娘、生娘じゃないんじゃないのけ……」

いつの間にか、女房の

った。泣き声は高く低く、いつまでも続いた。

「生娘にしてはよがりすぎる……」

ふくはいらだたし気に言うと、庄右衛門に背を向けて夜具をかぶった。


次の朝、庄三郎もゆきもなかなか起き出してこなかった。

「あれだけ激しかったんだから……」

庄右衛門は苦笑いして、そのままにしておこうとしたが、ふくは、

「嫁入りの朝に寝坊する嫁がどこにいる」

吐き捨てるように言って、二人の閨に押しかけた。

「庄三郎、何しとる……いつまで寝てるんだ、ゆき」

二人の声はなかった。

自分の声も聞えないくらいに眠りこけているのかと思うと、ふくはますますいらだって、いきなり襖をあけた。

「………?!」

ふくはそのまま立ち竦んだ。

庄三郎は閨の隅に転ったままで、ゆきは夜具の上で白い肉体《からだ》を開いたままで、二人とも冷たくなっていたのだ。

奇妙なことに、ゆきの艶やかな白い肌の一部、太股の内側の皮が、大きく剝《は》いだようになくなっていた。

第二章　我が子の首

1

杉木立ちを月光が照し出していた。天に向ってまっすぐに伸びていく杉の木は、いかにも清々《すがすが》しい。

澄んだ月の光が、一本一本をくっきりと浮び上らせている。

ゆるやかな斜面に、杉林はどこまでも続いていた。そのなかを、ひとりの男が走ってくる。侍の格好はしているが、髪は乱れ、着ているものもところどころ切り裂かれている。眼《め》も血走っていた。

男は、懐《ふところ》に入れたものを、しっかりと抱きかかえ、熊笹《くまざさ》も蹴《け》ちらして走っていく。

やがて息が切れた。男は、倒れるように熊笹の上に坐《すわ》り込んだ。

鼻筋の通った骨格のしっかりとした顔が、悲しみと苦痛で満ちている。男が懐のものを出した。

両手に納まってしまいそうな小さな首。子供の首だった。

「孝信《たかのぶ》……」

悲痛な声で首に語りかけた男は、豊島《としま》城城主・豊島勘解由左衛門尉泰経《かげゆさえもんのじょうやすつね》に仕える武術師範、犬山道節《いぬやまどうせつ》だった。

小さな首は、道節のたった一人の息子、五歳になったばかりの孝信のものだった。

首はほんの数刻前までは生きていて、眼を見開いて道節に向って叫んだのだ。

「父上、死ぬのはいやです！　私は悪いことは何もしていない！　死ぬのはいやです！」

数日前までは、無邪気に走り廻《まわ》っていた。

「父上、私も大きくなったら父上のような強い武芸者になります」

そんな可愛《かわい》いことも言った。

道節は、自らの手でその首を刎《は》ねたのだ。

「許してくれ、孝信……」

道節は、首をしっかりと抱きしめた。首は、生きている時よりもひとまわり小さくなってしまった。眼はもう見開かず、唇も土気色に変ってしまってはいるが、やはり可愛い我が子の顔だった。眠っている時と同じ無邪気な顔だ。

その顔に苦悶《くもん》の色のないのが、せめてもの慰めだった。

この首が宙に飛んだ瞬間、首を失った小さな体がゆっくりと崩れ落ちていったのを、道節はまざまざと憶《おぼ》えている。

2

道節は、二代にわたって豊島城の武術師範役を務めていた水月流《すいげつ》・水月蔵人佐鉄斎《くらんどのすけてつさい》の子供として育てられた。

道節を後継《あとつぎ》にするつもりだった鉄斎は、幼い頃《ころ》から武術を叩《たた》き込んだ。

「敵がまだ動作にあらわさず、ただ心のなかで思い定めたその瞬間に、あたかも水が月を映すように己の心に敵の心を映す。そのためには、己の心は澄んでなくてはならぬ。己の心に濁りがあれば、相手の心も定かに映らぬ。敵と相対する時は、己の心は無にして当れ。そうすれば、次の動作は敵が教えてくれる」

鉄斎は、石神井《しやくじい》の池に映る月を見ながら、道節に言ってきかせた。

道節は、鉄斎の本当の子供ではなかった。道節が七歳になり、甲冑始《かつちゆう》めの儀式を行うことになった時に、道節は鉄斎から、そのことを告げられた。

鉄斎とその妻の由羅《ゆら》には、子供が出来なかった。

由羅は、滝野川《たきのがわ》の弁財天《べんざいてん》に日参して子宝が授かるように祈ったのだが、その祈りもむなしく、鉄斎も由羅も四十路《よそじ》を越した。とっくに子供のことなど忘れていた頃、弁財天のある正受院《しょうじゆいん》の二条の滝のそばを通りかかった由羅が、泣き叫ぶ赤児の声を聞いたのだ。

近づいて見ると、柔らかなおくるみに包《くる》まれた赤ん坊が元気よく泣いていた。

暮しに困った者が、神を頼って捨て児したものと思われたが、由羅にとってはひと昔前の祈りが天に通じたような気がして、寺の者の許しを得て子供を貰《もら》い受けて来たのだ。

それが道節だった。

年をへて授かった子供だったから、鉄斎と由羅の可愛がりようは一様ではなかった。鉄斎は学んだ武芸のすべてを道節に注ぎ込もうとし、その鍛え方が厳しすぎると由羅とよく言い争いをした。

道節は、二十五歳の時、東常縁《とうつねより》の息女、珠名《たまな》を嫁に貰った。

当時としては遅い結婚だったが、鉄斎は、武芸のすべてを教え込むまでは女色に近づくことを許さず、道節もまたその気はなかった。

東常縁は武人としてもまた歌人としても名高く、文武両道にすぐれた人間であり、娘の珠名は、その血を受け継いで気品のある美しい娘だった。

珠名を娶《めと》って間もなく、道節は孝信を授かり、すでに老齢に達していた鉄斎は、

「もう孫を可愛がってもいい年だろう……」

と、師範役を道節に譲り、隠居した。

隠居してからの鉄斎は、これまでの厳しい顔などけろりと忘れたような好々爺《こうこうや》となり、孫の孝信を由羅と二人で可愛がる穏やかな晩年を過ごし、鉄斎六十七歳、由羅五十八歳で、妻が夫の後を追うような形で他界した。

その名は他の城にまで轟いた

孝信はすこやかに育ち、珠名は武芸師範の妻として充分すぎるほどの美貌《びぼう》と気品を保ち、道節の人生は、順風そのものだったのだ。

それが父の手で、我が子の首を刎《は》ねなくてはならないほどに狂った。

3

城主・豊島泰経には、泰明《やすあき》という子供がいた。

孝信と同い年だったのだが、癇性《かんしょう》の強い子供で、怒り出すと手がつけられなくなり、遊び仲間の子供たちから一様に嫌われていた。

殿様の子供だから仲間はずれにする訳にはいかない。子供たちも半ば怯《おび》えながら泰明とつき合っていた。

ある日、ささいな事から泰明が怒り出し、仲間の一人をめったやたらに棒で打ち据え出した。

相手の子供はただ体を丸め地に伏して、泰明の怒りの薄らぐのを待つだけだったのに、泰明は狂ったように殴り続ける。

見かねた孝信が止めに入った。

すると、泰明は孝信に向って棒を叩きつけてきた。

孝信も少しの間は我慢をしていたのだが、そこはまだ子供だから耐えきれなくなり、傍《そば》にあった棒を拾って泰明の足を払ったのだ。

泰明はよろめき、石垣から堀のなかに落ちた。

悪いことに、堀の水の中に腐った棒杭《ぼうくい》があり、それが泰明の脚に刺さった。

泰明はそれが因《もと》で破傷風になった。幸い命はとり止めたが、城主の子息をそんな大病にさせてしまったのだから、大騒ぎになった。

城主の泰経も側室の松《まつ》の方《かた》も、自分の子供が癇性の強すぎることは日頃から承知していて、まだ五歳の子供のことであるから、ある程度の咎《とが》めで事を納めようとした。

しかし豊島城のお伽衆《とぎしゅう》（大名の側近にあり、戦場の武勇談や書物の講釈を聞かせる役）に、小俣甫庵《おまたほあん》という男がいて、これが強硬に厳罰を主張した。

小俣甫庵は、かつて珠名に思いを寄せていたことがあって、その恨みもあり、道節が泰経に重宝されることへの妬《ねた》みもあり、やがては自分が豊島家の軍師になろうとする野望もあって、この時とばかりに道節を陥れようとした。

城中には道節の幸せを妬むものも数多くいて、小俣甫庵に同調する声がしだいに強くなり、孝信はまだ五歳だというのに首斬《くびき》りの刑に決ってしまった。

当時、十歳以下は刑事責任無能力者とみなされていたのだから、これは厳罰中の厳罰だった。

「どうしても孝信の首を落せというのなら、私がその役目をお引受け申す」

「馬鹿者が……」

甫庵がニタリと笑った。小俣甫庵たちの狙《ねら》いは、子供の首ではなく、道節の首だったのだ。

刑の執行の日、道節の前に引き据えられた孝信は、父に向って叫んだ。

「父上、死ぬのはいやです！　私は悪いことはしていない！　死ぬのはいやです！」

まだ幼い声だった。

「この期に及んで未練気な……」

道節は、泣き叫ぶ我が子の首に、いらだったように白刃を振り下した。

小さな首が白布の上に転げた瞬間、小さな体が首を失ってゆるやかに崩れ落ちた瞬間、道節はすべてを忘れた。孝信の首を落した後で、見事に腹を切って果ててみせようと思っていた武術師範としての意地とたしなみも忘れていた。

道節は、孝信の首をかき抱いていた。斬首《ざんしゅ》の命を下した豊島泰経を物凄《ものすご》い顔相で睨みつけた。

「乱心したか、道節！」

小俣甫庵が駈《か》け寄って来た。

道節の白刃が、一刀の許《もと》に甫庵を切り裂いていた。

それから後はどうなったか、道節もよく憶えてはいない。慌てふためいて抜刀して押しよせる家臣たちを、斬って斬って斬りまくった。そして、孝信の小さな首をしっかりと抱きかかえて石神井の林までひた走ったのだ。

命が惜しかったのか。そうではない。

妻の珠名はとうにいなかった。その上孝信まで失っては、生きることに何の未練もなかった。

道節にそうさせたのは、孝信の幼い声だった。

「父上！　私は悪いことはしていない！　死ぬのはいやです！」

孝信は最後までそう言い張った。

道節までがそこで切腹して果てたのでは、孝信の非を父子共々認めることになってしまう。孝信の必死の叫びを、圧《お》し殺してしまうことになるではないか。

孝信の幼い叫び声が、道節に思いもよらない行動を取らせたのだ。

「孝信。私も今、お前のそばに行く。私はただ、あんな奴等《やつら》の見守る中で、父子共々相果てるのはいやだったのだ。お前の可愛い首を、奴等の手に触れさせるのがいやだったのだ」

月明りの下で、道節は孝信の首に語りかけた。追手はやがてここへ来るであろう。それまでに死ななくてはならなかった。

杉林は静まり返っていた。

明るく照らし出している。ここでこんな風にしているのが信じられなかった。親子三人で人も羨《うらや》むほどの幸せのなかにいたのは、ついこの間だったではないか。

運命が、どこかで狂った。信じられないほど、大きく揺《ゆら》いだ。

「……ひょっとして、あの日から運命は狂い出していたのではないか。あの時から運命が狂い始めていたのではないか」

4

その日、道節は、珠名と孝信の三人で近所の社《やしろ》のお祭りに行った。物珍しい見世物を見て、日頃は食べさせてもらえない甘いものを買ってもらって、孝信は上機嫌だった。子供の喜ぶ顔は、何よりも親を幸せにする。道節も珠名も、楽しさで胸がふくらむ想《おも》いで家路についた。

孝信の小さな手を握って石神井川のほとりを歩いていた時、そばにいたはずの珠名の姿がない。振り返ると、十歩程離れたところで、珠名が背を向けて立っていた。

じっと川面《かわも》を見つめている。

「珠名！」

呼んだが聞えないらしい。孝信の可愛い声にも珠名は振り返らない。

何を一心に見つめているのだろうと、道節は孝信と共に珠名のそばに戻った。

「何を見ているんだ、珠名」

声をかけたが、珠名の耳には入らない。見つめていたのは川面ではなかった。川向うの森の上に、大きな月が出ていた。赤い大きな月だった。血に塗《まみ》れたような赤い月に、珠名はすべてを忘れ去ったかのように見入っていたのだ。

「珠名！」

肩に手をかけると、珠名は我に返った。一瞬、自分がどこにいるのか分からないようだった。

その夜、褥《しとね》を並べて寝ていると、夜半に珠名の呻《うめ》き声がした。具合が悪くて苦しんでいるのではないかと起き上って珠名を見たが、そうではなかった。

珠名は普段の顔で眠っていた。しかし、珠名の口から、低い呻《うめ》き声が聞えて来ていた。

「うー……、うー……」

それは、人間の声というよりも獣《けだもの》の遠吠《とおぼ》えのような声だった。荒野で月を見て吠える、けものの声だった。

「珠名?!」

道節は、珠名の褥に入ってその体を抱きしめた。

物も言わずに、珠名が道節の体に抱きついて来た。

肢《あし》を大きくひろげ、道節の腰にからみついてくる。誘うように腰を押しつけてきた。

道節は驚いた。

珠名はこれまでそんなはしたない真似をしたことは一度もなかったのだ
文武両道に秀でた父の許《もと》で育った珠名は、物足りないくらいしとやかな女だった。道節に思い切って恥ずかしい体勢をとらせられると、真紅になって顔をそむけ、事が終ってからも夫の顔が見られないほどの恥じらいようだった。我を忘れて乱れることのない物足りなさはあったものの、それだけにいつまでも新鮮だったのだ。

その珠名が、自ら道節の体に肢をからませ腰を動かしている。子猫が甘えるような声を出して、道節の唇を求めて来る。

「珠名……?!」

珠名は何も答えず、道節の手を取ると自分の股間《こかん》に導いて行った。

秘所が驚くほど濡《ぬ》れていた。珠名はさらに道節の指をとり、濡れた秘所に割って入らせた。

「珠名!」

思わず叱《しか》りつけようとした道節の口を、やわらかな珠名の唇が塞《ふさ》いだ。

珠名の乱れようは尋常《じんじょう》ではなかった。獣のような声を上げ激しく動いた。白い肉体がくねる様を、道節は、見知らぬ女を見るような思いで見つめていた。

「早《はよ》う……早う……早う……」

珠名の息が熱かった。肉体《からだ》はそれ以上にほてっていた。

珠名はひときわ切なげな声を上げると、道節を待ちきれなくなったように、肢を思いきり開いた。

甘い渦の中に、道節もいつか引きずり込まれていった。

5

翌朝、珠名は元のしとやかな妻に戻っていた。気品のあるその顔からは、前夜の乱れようは想像も出来ない。

「どうしたんだ、昨夜は？」

城へ出かける時に道節はわざとからかって見たが、珠名は無表情なまま何の反応も示さなかった。

その日から時々、道節が家に戻っても珠名の姿が見えない時があった。孝信の成長にもあまり興味を示さなくなった。妙に無表情になり、道節がその体を求めた時だけは驚くほどの反応を示し、乱れに乱れた。

やがて、道節の門下の若侍、田上政村《たがみまさむら》という男と珠名が関係を持っているという噂《うわさ》が、城中に流れ始めた。

それを聞いた時、道節は不思議に驚かなかった。なぜか当然の結果のように思えた。以前から覚悟していたことのように思えた。

道節は、何も言わず噂に耐えた。

道節は武芸師範の職を辞し、孝信と二人で旅に出るつもりで身辺を整理していた。

その矢先に、今度は孝信の事件が起ったのだ。

「何者かが俺の運命を大きく動かしている……それも悪意を持って……すべてがあの日から始ったのだ。あの赤い大きな月を見た日から……俺は運命に負けた」

道節は、孝信の首を大きな杉の木の根元に埋めた。誰《だれ》にも見つからないように深く埋めた。

「孝信、すぐにお前のところへ行く」

今は土中に入ってしまった孝信の首に、道節は語りかけた。そして、腹を押しひろげ、ゆっくりと白刃をかまえた。

介錯人《かいしゃくにん》はない。一気に深く切り裂かなくてはならない。

杉林は静まりかえっていた。昼でも薄暗い杉林である。夜は物音ひとつしなかった。月の光が、その静けさを増している。

道節の白刃に月光が映えた。瑞々《みずみず》しく澄んだ月光だった。いつかの濁ったような赤い月とは違って、透き通るような青い光だった。

道節は刀をかまえて、今一度腹を撫《な》でた。白刃を押したてる場所を確認したのだ。

その手が、ふと下腹のお守袋にふれた。

三十にもなる男がお守袋でもないだろうが、それは死んだ鉄斎が、

「このお守袋は、拾った時からお前の身についていたものだ。お前を守り、お前を私の家に誘《いざな》ってくれたものだから、生涯決して肌身から離すな」

と、渡してくれたものだった。

お守袋には、犬山道節という文字が小さく書き込まれてあった。

「これがお前の本当の名だ」

鉄斎はそう言った。言いつけ通り、道節はお守袋をしっかりと体に巻きつけ、一日も離したことがなかった。

「このお守りが、何から自分を守ってくれたのか」

道節は皮肉な思いでお守袋を取り出した。一度も見たことのないお守袋の中味を見る気になったのだ。お守袋を開けて中を見ると、不吉なことが起るという。これ以上の不吉なことは起きようがないと、道節は思った。

なかに入っていたのは、水晶のような透明の小さな玉であった。

「何だ、この玉は……」

小馬鹿にしたように玉を見ていると、青い月の光に映った玉の中心に、ゆっくりと「忠」という文字が浮び上って来た。玉は、それ自体が光を持つかのようにほんのりと輝く。

「忠か……」

道節はその皮肉に笑った。忠を尽くし、忠に裏切られたのだ。忠のために我が子の首を斬るはめになったのだ。

道節は玉を地面に叩きつけ、白刃を腹に突き立てた。

その時、

「死んではなりませぬ」

女の声がした。

道節の手が止まった。

「死んではなりませぬ、道節」

道節は林の中を見た。誰もいない。

月の光に照らし出された林の中は、しんと静まりかえっていた。ただ、女の声はどこか懐しい声だった。聞き憶えがある声ではないのに、なぜか懐しさを感じる声。一度も会ったことのない母の声のようでもあった。

道節は、玉を投げ捨てたあたりに、白い光が漂っているのを見つけた。澄んだ月光と同じような光は、見つめているうちにやがて人の形となった。

白い衣装を身に着けた高貴な若い姫が、光となってそこに立っていた。

「死んではなりませぬ、道節」

光の姫は、はっきりとそう言った。

姫の首から数珠《じゅず》が下っていた。百八つの玉のなかで、八つの玉だけが光っている。

八つの玉は、輝きを増し、まばゆいばかりになった。

その頂点で、姫の体が、八つの光の玉となって飛び散ったのだ。

道節は見た。八つの玉が夜空をどこまでも飛び去って行くのを。地から天に昇る流れ星だった。そのひとつひとつに、文字のようなものが浮び上っていた。

他の玉は分からない。ひとつは確かに「忠」だった。

道節は、慌てて自分の投げ捨てた玉を探した。

熊笹の下で、小さな玉はほんのりと光を放っていた。光のなかに、くっきりと「忠」の文字が浮んでいる。

道節はふと、自分の他にも同じような玉を持っている人間がいるのではないかと思った。いるのなら、会ってみたい。

自分の運命が悪意を持って揺り動かされているとしたら、他の人間たちも同じような目に逢《あ》っているのではないか。同じような悲しい境遇に泣いているのではないか。

珠名の運命が何者かによって狂わせられたとしたら、孝信の運命が何者かによって揺り動かされたとしたら、運命を狂わせたものを突きとめてみたいと思った。それを突きとめ、それと闘うことが、珠名のためでもあり、孝信のためでもあるような気がした。

八つの光はどこかに消えて、冴《さ》え冴《ざ》えとした月が輝いていた。

その時、道節は熊笹の揺れる音を聞いた。かすかに、しかし、はっきりと。右に、一つ、二つ、三つ、四つ……左に、一つ、二つ、三つ、四つ……追手が忍びよって来る音だ。

道節は取り囲まれていた。

「生きなければならぬ」

誰にどう誹《そし》られようとも。命を惜しんだ卑怯者《ひきようもの》だと言われようとも。武芸者の風上にも置けぬと言われようとも。

「生きる」

それ以外の気持はなくなっていた。

熊笹の小さな葉のひとつひとつが揺れる音が、はっきりと聞える。枯葉をきしませる、かすかな足音も聞えた。

道節は、敵の位置、敵の数を覚《さと》った。

ゆっくりと剣をかまえた。心は驚くほど澄んでいた。水月流の極意に、道節は初めて達したのだ。

心を無にして当れ。

そうすれば、次の動作は敵が教えてくれる。

第三章　妖しい娼婦

1

男は、あまりに関所が多いのにあきれはてて、茶屋で一服していた。

ひとつの関所を一文払って通り抜け、しばらく行くとまた関所がある。記録によると、伊勢街道の桑名《くわな》と日永《ひなが》間十五、六キロの間、六十幾つかの関所があったそうだ。そのすべてで一文ずつ取り立てる。

男が茶屋で茶をすすりながら、退屈しのぎにまわりを見廻《みまわ》していると、茶屋の横手の雑木林のなかにひとりの女が立っていた。

見た瞬間に、男は思わずぞくりとした。妖艶《ようえん》な眼《め》をした女で、だらりとした着付けがその眼と似合い、全身から妖《あや》しい色香が立ちのぼっていた。

眼が合うと、女はゆっくりと笑った。男は湯呑茶碗《ゆのみぢゃわん》を持ったまま立ち上っていた。

女が林の奥に入っていく。茶屋の銭を払うと、男は慌てて女の後を追った。女は男のことなど忘れたように、どんどん林の奥へ入っていく。

「待ってくれ」

男が小走りになりながら声をかけた。

女が立ち止まって、振り返る。

「遊ぶかい？」

そういう女だったのかと、男は少しがっかりした。

しかし、こんな妖艶な女が銭で遊べるなんて信じられない。これこそがお伊勢参りの功《く》徳《どく》だと、男は思った。

「いくらだい？」

「心づけでいいよ」

はっきり何文だといってくれた方が、安心出来る。いくらでもいいと言われて、男は不安になって懐《ふところ》の巾着《きんちゃく》を押えた。遊び女《あそめ》にしては信じられないほど妖艶な女を諦《あきら》める気はなかった。少し位高く取られたところで、この女なら値打はある。

林の奥に、小さな祠《ほこら》があった。

中にはあらかじめ茣蓙《ござ》が敷いてあり、女が着物を脱いでその上に拡《ひろ》げた。ひとときの男と女の褥《しとね》である。

女は、全裸の肉体《からだ》を仰《あお》向《む》けに横たえた。薄暗がりのなかで、その体が妖しく白い。

「おいで。極楽を見せてあげる」

女が男の方に手を差延べた。男は、はじかれたように着ているものを脱いでいった。心のあさましさを女に見透かされまいとして、どうでもいいことを聞いた。

「名前は何というんだ？」

「船虫《ふなむし》よ」

女は、男に向って肢《あし》をひろげた。

女は確かに男に極楽を見せてくれた。

男は雲の上に漂っていた。白く柔らかく、そのくせ弾みのあるなま暖かい雲。その雲が全身をくるんで来る。

男のものが信じられないほどの硬さになっていた。自分のものではないほど大きく感じられる。男は我慢しきれなくなって来た。男の動きが大きくなる。

「いくのかい？」

女が下で聞いた。

答えの代りに、男は一層大きく動いた。女もそれに合せて動いた。

「ああ……」

女の体の中で男のものが膨む。

「弾《はじ》ける！」

男が思った瞬間、祠の薄明りのなかで白刃がひらめいた。

鋭い切先《きっさき》が男の背を貫き、心臓を刺し通した。

男の体から血が飛沫《しぶ》いた。

「うーッ、うーッ、うーッ」

男が、断末魔の叫びか、悦楽の極みのよがり声か分からぬ声を発した。体が激しく痙攣《けいれん》する。

男の体を、船虫は血に塗《まみ》れながら、しっかりと押えていた。今度は、船虫の方が法悦境に彷徨《さまよ》うような顔をしている。

「あー……あー……あーッ」

船虫が大きな声を上げた。

男のものが船虫の体の奥に噴流を迸《ほとばし》らせたのだ。

男の最期だった。

船虫は、血に塗れた男の体をしっかり抱きしめていた。

2

「恐ろしい女だ……」

媼内《うばない》は、刀の血を拭《ぬぐ》いながら船虫を見た。

船虫は、動かなくなった男の体を転がり落して立ち上ると、血がべっとりとその白い体に着いているのもかまわず、平気な顔で着物をきた。

「分かるかい、あんた。最期の瞬間に、男のアレがたまらないほど固く大きくなるんだよ。そして鉄砲水のような勢で、私の体に迸らせて来るのさ。たまらないんだよ、その瞬間が……」

媼内は返す言葉がなかった。

「なにボーッと突っ立ってんだよ。早く巾着を探ってみな」

媼内は慌てて男の懐を探った。

お伊勢参りは男の遊びも兼ねている。男の巾着はずしりと重かった。

「川で体を洗って来るからね。その間に死体を始末しておくんだよ」

船虫はふらりとお堂を出て行った。

媼内と船虫の立場は、いつの間にか逆転していた。初めは媼内が妓夫《ぎゆう》であり、船虫は娼婦《おんな》であった。年増《としま》ではあったが、これだけ妖艶な娼婦《おんな》はめったにいない。

ある宿場で、船虫が、

「おい、そこの悪党。私の妓夫《いろ》になってみるかい」

と、声をかけて来た時、媼内は金蔓《かねづる》が向うから近づいてきたと思ったのだ。

しかし、悪党という点では、船虫の方がはるかに上だった。小悪党の媼内は、いつのまにか下男のような地位に成り下っていた。殺しの役をさせられ、死体の捨て役までさせられている。

媼内は、何度か船虫と別れたいと思った。しかし、なぜか言い出せない。気が向くと犬に餌《えさ》でも与えるように投げ出して来る白い肉体も忘れられない。その時には媼内もすぐ極楽に連れていかれる。悦楽の頂点で、他の男達同様殺されるかも知れないと怯《おび》えながら、船虫に翻弄されすべてを忘れてしまうのだ。

「お前は人間の女じゃねえ、妖鬼《ようき》だ」

息絶え絶えに弄《もてあそ》ばれて、媼内は一度言ったことがある。ほんとうにそんな気がした。

その船虫が、突然精気を失うことがある。

艶《つや》やかに輝いている白い肌が、妙に生気を失っていく。それは、定期的に訪れた。女の血の道だろうと、媼内も初めは思っていた。

しかし、船虫は、その時期になると居なくなる。しばらくすると、また輝くばかりの艶やかな肌で戻ってくるのだ。

「一体お前はどこへ行っているんだ。オレはまがりなりにも亭主じゃないか。水くさいことはするもんじゃねェ」

媼内は言った。

船虫は素っ気なく答えた。

「亭主だろうと妓夫《いろ》だろうと、知っちゃいけないことがあるんだよ」

3

媼内は船虫の後をつけていた。覚《さと》られないだけの距離は保っている。

船虫はふらりふらりと歩いていく。その後姿に張りがない。また、あの周期が訪れたのだ。今度こそ、船虫がどこで何をしているか突き止めてやろうと思った。

ひとつだけ気になることがあった。船虫が姿を消し、戻ってきてからしばらくたつと、若い娘が神隠しにあったと言う噂《うわさ》が、旅の者によって運ばれてくるのだ。いずれも、村では評判の美しい娘だという。

媼内は、船虫が娘をかどわかし、別の場所で商売をしているのではないかと思った。

「オレは妓夫だ。そんなことされてはオレの立場がない」

小悪党は小悪党なりに、よって立つところがあるらしい。

船虫は町をふらふらと歩いていた。

町といってもその頃《ころ》のことだから、十数軒の家が軒を並べているだけだ。しかし、海で採れたものや山で産したもの、または自分の家で作り出したものなどが軒の下に並べられ、宿の呼び込みの声とも重って結構賑《にぎ》わっている。

船虫は賑わいを横眼で見ながら歩いていたが、町のはずれで立ち止まった。

向うから百姓娘が来る。

自分の家で採れたものを商いしてこいと親に言われたのか、しっかりと包みを抱きかかえている。

近づくと、なかなかの美貌《びぼう》であった。

船虫がじっと見つめている。百姓娘が通り過ぎ、一軒の店へ荷を抱えて入っていくまで見送っている。品定めをしている眼だった。

「やまり、そうか……娘をかどわかして、別のところで別の男と商売をしているんだ」

商いが成立したのか、娘が嬉しそうに店から出てきた。足取りも軽く、来た方に戻っていく。

船虫がゆっくりと後をつけた。媼内もその後をつけた。

町のはずれの人通りの少くなったところで、船虫は娘に話しかけた。

娘は、警戒するような顔をしていたが、すぐにその話術にひき込まれる顔になった。船虫から眼をはなさず、じっと見入っている。

やがて、船虫と並んで歩き出した。

「船虫の話に騙《だま》されやがって……」

媼内は用心しながら後をつけた。

船虫は村の道からはずれ、林の中に入って行った。なぜか娘も素直について行く。

娘をかどわかす瞬間に飛び出して行って、船虫を驚かせてやろうと、媼内は見え隠れについていった。

４

媼内は、林の中のお堂に足音を忍ばせて近づいていった。林の奥に、朽ちかけたお堂がある。その中に、船虫と娘が消えたのだ。

石段に、すっかり色が変った、お供えものの飯《いい》が転がっている。

媼内はそっと階段を上っていった。

船虫がなぜこんなところに娘を連込んだのか、媼内には分からなかった。かどわかすならもっと簡単に出来たはずだ。ひょっとしてこの中で娘に眠り薬でも飲ませ、組んでいる男が来るのを待っているのかも知れない。

媼内はそっと格子の間から、お堂を覗《のぞ》いた。

娘は床の上に仰向けになっていた。船虫が背を向けて、娘の足許《あしもと》に坐《すわ》っている。

船虫の指が、娘の足の指をゆっくりと揉《も》んでいた。足の指を一本一本、這《は》うように撫でまわしていく。

「あ……あ……ああ……」

娘の息が跡切《とぎ》れがちになっている。船虫の指がもう一方の足に触れる。

娘の体がぴくりと震えた。船虫の指が足の間を這いずり始めると、娘は、

「ああァ……」

と、大きな声を出して体をのけぞらせた。

それから後は、船虫の思うままであった。船虫の指に翻弄されて、娘の体はどんな風にでも舞った。

裏返しにさせられると、尻《しり》を高々とあげて踊った。表に返されると、一段と大きな声を上げて、足を踏んばるようにして腰をくねらせた。

船虫の手が足の指に触れているだけなのに、娘は悦楽のなかで彷徨《さまよ》っていた。男を知っているとは思えない娘が、性の極みに翻弄されて大きな声をあげている。

「なんたこんなことたったのか」

と、媼内は思った。

船虫は、両刀使いだったのだ。男との交りも女との交りも出来る女だったのだ。若いきれいな娘との交りが、船虫の体に活気を与え、その肌を瑞々《みずみず》しく潤《うる》おわせたのだ。

媼内は、お堂の破れ格子を開けて入っていった。

「船虫、水くさいじゃねェか。お前が女も好きだってことを、別にこのオレに隠すことはねェ」

船虫がゆっくりと振り返った。

媼内の足が思わずとまった。

振り返った船虫の顔を見たとたん、媼内は、全身が硬直して動けなくなっていた。

「船虫、お前は、一体……?!」

船虫の手から銀の糸のようなものが、媼内目がけて放たれた。糸ではなく、細い銀の針だった。

媼内が気づいた瞬間、銀の針は媼内の眉間《みけん》を深く刺し貫いていた。媼内は一瞬にして息絶え、お堂の石段を仰向けに転げ落ちていった。

木漏れ日のなかで、媼内の眉間の銀の針がきらきら光った。

「馬鹿な男よ……」

船虫はお堂から出て来ると、媼内の眉間から銀の針を抜きとり、その血を着ているもので拭《ぬぐ》った。またお堂のなかに戻っていく。

お堂の中では、娘が何も知らぬまま、体をひくつかせて喘《あえ》ぎ続けていた。

その娘の耳の下の柔らかなあたりに、船虫は一気に銀の針を押し込んでいった。

5

船虫は、伊勢街道を東に向けて歩いていた。

あてのある旅ではない。所を変えて同じことをするだけのことだ。

「どこかで媼内の代りを探さなくちゃ」

媼内は結構重宝な男であった。空威張りの馬鹿なところはあったが、船虫の言うことをよく聞いた。人の秘密を探ろうなんて馬鹿なことをしなければ、殺したりはしなかったのだ。

坂内川《さかないがわ》に添って歩き、松阪《まつざか》にさしかかって、御厨橋《みくりやばし》を渡ろうとした時、船虫は茶屋に坐っていた男に呼びとめられた。

「そこの女」

男は、床几《しょうぎ》に坐ったままで言った。

「遊び女か？」

あてのないふらりとした歩き方で分かったのかも知れない。それにしても、いささか失礼ではないか。

「だとしたらどうする？」

船虫は、腰を落して男を睨みつけた。

「遊ぼう」

キラリと光るものが船虫に向って飛んで来た。

銀貨だった。

遊び女にこんなものを払う男はいない。せいぜい京銭十文でこと足りるのだ。

男は、茶屋を立つと船虫のそばに来た。船虫は、妙に威圧されるものを男に感じていた。

船虫には初めてのことだった。

その夜は、津《つ》で泊った。

男はほとんど口をきかなかった。船虫も妙に口数が少なくなっていた。

いつもなら、どんな男とどこで泊ろうと、船虫は主導権を握ってきたのだ。思うままに男をからかい、弄ぶことが出来たのだ。

この男は違っていた。

怖いもの知らずの船虫が、薄気味悪いものを感じ始めていた。男と宿をとったことを後悔しはじめていた。

男は窓の外をじっと見つめている。船虫も男の後から覗いて、思わず言った。

「月があんなに赤い……」

男は黙って窓の障子《しょうじ》を閉めた。

障子が血の色に染った。

船虫はなぜか捨鉢《すてばち》な気持になった。どっちにしても男と女ではないか、することは決っている。

船虫は腹を決め、全裸になって横たわった。

「おいで。極楽を見せてあげる」

しかし、男は船虫の体に触れてこなかった。じっと船虫を見下している。それが余りに長いので、

「何してんだよ。いいかげんにしておくれよ」

と、顔をあげて、船虫はぎくりとした。男の眼のふちが妙に紅《あか》くなっている。のっぺりと白い顔のなかで、紅い眼が異様だった。

船虫を見つめている眼が、異様な光を帯びている。船虫も眼が離せなくなっていた。

いつもは立場が逆なのだ。船虫の妖しい眼に見つめられると、相手の人間は眼を離せなくなる。自分の意志を失い、船虫の意のままに操られてしまうのだ。

「お前の本当の年は幾つだ？」

かすれた声が聞いてきた。声に有無を言わせぬ力があった。なぜかこの男には、本当の年を言ってもいいような気がした。

船虫は答えた。

「百四十二歳……」

第四章　哀しく散る恋

1

九品寺《くほんじ》の桜は今が満開だった。

境内《けいだい》に無造作に植えられた十数本の桜が、枝一杯に花をつけ、あたりを薄桃色に染めている。風が吹くと、花吹雪《はなふぶき》が舞った。

子供たちが四、五人、囃《はや》したてながら花吹雪を追う。年に一度の贅沢《ぜいたく》な遊びだった。

本堂のそばに立って、浜路《はまじ》がそれを見ていた。

ひっそりと立っているのに、美しい女だけが持つ匂《にお》い立つような華やかさがまわりに漂っている。花吹雪を追う子供たちのなかにも、浜路のことが気になるのか、本堂の方を振り返るものがいた。

「浜路」

兄の声に、浜路は振り返った。

「信乃《しの》兄さま」

「何をしている？」

「別に何にも……花を見ていました」

「この風では、今日にも散ってしまうな」

「ええ……」

「毎年桜が満開になると、強い風が吹く。まるで風が桜の美しさを妬《ねた》んでいるかのようだ」

　信乃は浜路のそばに立って、散って行く桜を見つめた。

　凛々《りり》しい顔をした信乃は、浜路の美しさとよく似合った。花吹雪を追って走る子供たちも、足をとめて二人を見つめていく。信乃と浜路は、近所でも評判の美しい兄妹《きょうだい》だった。

「明日は、やはり古河《こが》に立つのでしょう、信乃兄さま？」

「そうだ。今度の旅は、私にとっては生涯で初めての大切な旅なのだ」

「信乃兄さまと離ればなれになるのは、浜路は生まれて初めて……」

　浜路が淋《さび》しそうに言った。

「何を言ってるんだ。古河までわずかに十六里（約六三キロ）、三、四日の旅なのだ。何の危険もない。浜路が心配することなど何もないのだよ」

　信乃は快活に笑った。

　明るい笑いが、浜路にはうらめしかった。信乃がすぐに戻ってくることは分かっている。

さほど危険のないことも分かっている。しかし、信乃が旅に出ると聞いたときから、浜路ないか、理由のない思いが、心から去らなくなっていた。

不安は、朝方から吹き荒れる花嵐《はなあらし》のなかで、いっそう強くなっていた。

ただの甘えかも知れない。親しい人間が旅に出る時に、誰《だれ》でもが感じる不安なのかも知れない。しかし、今の浜路には、自分の気持を少しも分かってくれないで、張り切って旅立とうとしている信乃が、うらめしく思えてならなかった。

また、風が強く吹いた。

花吹雪が境内一杯に舞った。子供たちが歓声を上げて走る。

風に散る花吹雪が自分の運命を象徴しているとは、その時の浜路は少しも気づいていなかった。

風が花の美しさを妬むように、浜路の美しさを妬み、無残に散らしてしまおうと怖《おそ》ろしい企《たくら》みをしている人間が、すぐそばにいたのだ。

2

信乃と浜路は、武蔵《むさし》国・大塚の里の弥々《やや》山蟇六《やまひきろく》・亀篠《かめざさ》夫婦に育てられた。

幼い頃から兄妹として育てられた二人だったが、蟇六・亀篠夫婦の本当の子供ではなかった。

信乃は、亀篠の弟夫婦の子供だった。

亀篠の弟・犬塚番作《いぬづかばんさく》は、鎌倉公方《かまくらくぼう》・足利持氏《あしかがもちうじ》に仕える侍だった。足利持氏は、将軍職の継嗣《けいし》をめぐって京都幕府に叛意《はんい》を起し、結局は鎌倉・永安寺《ようあんじ》で自刃して果てることになる。城を失った家臣たちは悲惨で、番作も、幼児《おさなご》の信乃を抱《かか》えた妻の手束《たづか》と共に逃亡の旅に出た。番作は、武蔵国・大塚の里に住む、ただ一人の姉の亀篠を訪ねていくつもりだった。

しかし、妻の手束が旅の途中で発病し、もう少しで大塚の里だというところまで来ながら、雪に埋もれるようにして息絶えてしまったのだ。

番作は幼い信乃を腕に抱え、何とかして亀篠のところまで辿《たど》り着いたものの、逃亡の旅の疲れが一気に出て、まもなく他界してしまった。

蟇六・亀篠夫婦は子供に恵まれず、ちょうどその頃《ころ》生まれたばかりの赤児《あかご》をもらい受け、浜路と名づけて育てていた。亀篠は一度に二人の子持になってしまったのだが、浜路の兄が出来たと素直に喜び、我が子として大事に育てた。

美しい顔立ちの二人は、誰の眼にも本当の兄妹のように映った。

浜路は、兄の信乃をこの世で一番愛していた。

物心ついた頃から、ひとときも信乃のそばから離れようとしなかった。凛々しい顔をした信乃が自分の兄であることが、何より自慢だった。浜路はまだ、自分の美しさに気づいていなかった。

あまり信乃に近づかなくなった。

しかし、浜路の信乃を想《おも》う気持は、その分だけ一層激しく強くなっていた。

浜路は、その頃には、自分の美しさに気づいていた。


信乃が十六歳になった時、蟇六はひと振りの剣を信乃に見せ、

「これは、お前の父から預った足利家に伝わる名刀・村雨丸《むらさめまる》だ。お前の父は、この刀を命がけで守り持ってきたのだ。鎌倉公方家がいま一度再興するようなことがあれば、お前にこれを持たせて返納するようにと言って死んでいった。この刀を持って行けば、仕官の道もひらける」

信乃は、村雨丸を抜いた。

一眼見て名刀と分かる剣だった。滑《ぬめ》るような輝きを持ち、切先から露がしたたりそうな気さえする。一点の曇りもない刃《やいば》からは、水気のようなものが立ち昇り、刀身には、七星《ななほし》の紋がくっきりと浮び上っていた。

信乃は、剣のなかに父の面影を見ようとした。

「父上は、私の将来のことを思って、この刀を守ってきて下さったのですね」

番作の遺志通り、信乃が二十歳《はたち》になった時、鎌倉公方家が再興した。

足利持氏の四男で、父が自刃した永享《えいきょう》の乱（一四三九年）の時には、三人の兄より年少

であったために、ただ一人斬首《ざんしゅ》の刑を免れた永寿王《えいじゅおう》が、下総《しもうさ》国・古河に陣取り、足利左兵《さひょう》衛督《えのかみ》成氏《なりうじ》と名乗りを上げたのだ。

信乃は、すぐさま古河城に向う決意をした。

蟇六も亀篠も、声を揃《そろ》えて賛成してくれた。

信乃の心は喜びに満ち溢《あふ》れていた。父の遺志を成就させることが出来る。

3

弥々山家の庭にも、大きな桜の木があった。淡い色の花びらが庭一杯に散っている。

風はまだ強く吹いていた。

降りそそぐ花吹雪のなかで、浜路は立ちつくしていた。

今日も終ろうとしている。ゆっくりと別れをしたかったのに、信乃は慌ただしく旅仕度をしている。すぐに戻ってくる、分かっていても、恋する心にはひとときの別れも耐えがたい。そんな気持は、信乃には少しもないように見えた。

「信乃兄さまは、私のことなど少しも思って下さってないのだろうか……」

信乃が古河の成氏公に仕官することになれば、自分はどうなるのだろうか。

浜路は、無理だと分かっていながら、信乃の旅について行きたい気持で一杯になっていた。

「浜路―

「何をぼんやりと考えているんだい？」

「いいえ、何にも……」

亀篠はじっと浜路の顔を見て、ずばりと言い当てた。

「信乃と一緒に行きたいのだろう？」

「そんなこと……」

浜路はうろたえた。

「連れていってもらい」

「え?!……」

「私たちは、いずれはお前と信乃を娶《めあ》わせようと思っているんだよ。遠慮なんかすることはないよ」

「…………」

「どうしても連れて行けないと信乃が言ったら、せめて今晩だけでも抱いておもらい」

「お義母《かあ》さま?!」

「信乃さまの妻にして下さいって、はっきりと言うのだよ。お前だってそうしたいのだろう？」

浜路は、桜の樹《き》に顔を伏せた。顔が熱くほてっていた。亀篠の言ったことは、まさに浜路の心にあったことだったのだ。

あまりの恥ずかしさで、日頃の養母に似合わず、抱いてもらえなどと蓮《はす》っぱな言い方をしたことを、浜路は、少しも不思議に思わなかった。

「人間の運命なんていつどう変るか分からないんだよ」

亀篠はそう言い残して、家のなかに入っていった。

浜路は、一人残って、亀篠の言葉を繰返し思い出していた。

人の運命なんてどう変るか分からない。思い切って今日、自分の気持のすべてを信乃兄さまに打ち明けてしまおう。そして、一緒に連れていってくれとお願いしてみよう。

恋する心が、浜路を強く激しくしていた。

いつの間にか陽《ひ》が落ちてしまったことに気づいた。庭に出て来た時は、空一面が真赤《まつか》に夕焼けていたのだ。

風が出て来ていた。暗くなった空の下で、満開の桜がいっせいに揺れている。

ふと恐怖を感じた。

改めて暗くなった空を浜路は見つめた。思わず息を詰めて、両手で肩を抱いた。ひたひたと押し寄せる夜の闇《やみ》と共に、得体の知れない怖ろし気なものが、自分の体を押し包んで来るような気がした。

浜路は家に向って走った。

ようとも、浜路の運命は、恐ろしい淵《ふち》に向って一気に流れ落ちていくように企まれていたのだ。

4

「信乃に抱いてもらえと、浜路を唆《そその》かした?!」

蟇六が酒を呑《の》む手を止めた。

「そうだよ」

亀篠は平然といった。

「どうしてそんなことをするんだ。陣代《じんだい》さまに傷ものの浜路を差出すつもりか!」

蟇六の顔色は変っていた。

亀篠が黙って猪口《ちょこ》を差出す。

「な、なんだ?」

蟇六は口をとがらせたが、結局は酌をしてやることになった。

亀篠は悠然と酒を呑んだ。

「私は、信乃を育てたんだからね、性格はよく分かってるんだよ。信乃は堅物だよ。祝言も上げないうちに女を抱くことなど出来る男じゃない。ましてや明日は仕官を願い出る大事な日さ、女と何とかなったりしたら、せっかくの話を行く前から汚すことになる。信乃はそう思うに決ってるんだよ」

「しかし、魔がさすってこともある……」

「信乃にかぎって魔がさすってことなんかありゃしない。それがあの男の駄目なところさ」

亀篠が、また蟇六の前に猪口を差出す。蟇六はしぶしぶ注《つ》いでやった。

「どうしてそんな危険なことをするんだ。浜路を信乃のところへ行かせるなんて……」

「いいかい……」

何も分かっちゃいないという顔で、亀篠は蟇六の方に身を乗り出した。

「浜路は信乃に惚《ほ》れ抜いているんだよ」

「分かってるよ、そんなことは」

「浜路を陣代さまのところへ妾《めかけ》奉公に出すには、その気持を何とかしなきゃ、どうしようもないじゃないか」

「今夜信乃のところへ行かせれば、何とかなるのか？」

「なるよ」

「どう？」

「浜路は信乃に必死で言い寄る。しかし、信乃は必ず断る。それでいいのよ」

「どういいんだ？」

「明日の手筈はちゃんと整っている」

「それならいいんだよ」

　亀篠は猪口を出した。仕方なく酌をする蟇六を酔った眼で見て、

「悪党になったね、あんたも。我が子のように育てた信乃と浜路を犠牲にして、自分の出世を考えようなんて」

「俺は昔から悪《わる》だよ」

「嘘《うそ》をお言い。陣代さまが、うちで泊った時に浜路を見染めて、館《やかた》に差出せと言ってきた。そうすれば所有する荘園を倍にしてやるが、断れば身分がどうなるか分からないと脅しをかけた。その時からあんたは変ったんだよ。今までは我が子のように可愛《かわい》がってきた浜路を、どうせ自分の子じゃないのだからと人身御供《ひとみごくう》に出す気になり、信乃を二度と大塚の里に帰れないようにした。要するに自分の身が一番可愛いのさ。気の小さな小悪党なんだよ」

「一寸《ちょっと》待ってくれ、すべての筋書きを書いたのはお前だぜ。浜路が自分から進んで陣代に身をまかせるような恐ろしい企みを思いついたのは、亀篠、お前じゃないか」

「私はお前さんの女房だからね。亭主に尽すのは当り前だろうが」

「お前だって悪《わる》じゃないか」

「そうだよ。私も昔から悪党だよ。少くともお前さんよりかはね」

そう言いながら、亀篠はふっと、自分が浜路を陥れようとしているのは、浜路の美しさへの嫉妬《しっと》が原因かも知れないと思った。

浜路を連れて歩いていると、見知らぬ人からも美しい美しいと声をかけられた。浜路が幼い頃はそれを誇らし気に思っていたが、成長してからは、賞《ほ》め言葉が心に引っかかるようになっていた。亀篠は、生まれてから一度も、人から美しいと言われたことのない女だった。

亀篠は、怪異としかいいようのない陣代・簸上宮六《ひがみきゆうろく》の顔を思い浮べた。浜路の花のような体が、そのいかつい体の下で無残に散らされて行く様を思い浮べ、妖《あや》しく嗜虐《しぎやく》的な気持になっていた。

5

「私も一緒に行きたい、信乃兄さま」

信乃の部屋を訪れた浜路が、いきなり言った。

「何を言うんだ、浜路」

「連れていって下さい、信乃兄さま!」

浜路の顔が上気して輝いている。花が水気を含むように、気持の激しさが、浜路の美しさを一層艶《つや》やかなものにしていた。

「私は不安なのです。信乃兄さまが帰ってこられないような気がしてならないのです。信乃兄さまと離れ離れになってしまうような気がして」

「私はすぐに戻って来る。何度言ったら分かるのだ」

「ついていっては邪魔なのですか？」

「仕官を願い出る男が女連れで行ってどうする。私はそんな女々《めめ》しいことはしたくない」

「………」

「浜路、私が仕官を願い出るのは、そなたのためでもあるのだぞ」

「え？」

「一人前の侍になれば、私は誰に恥じることもなく浜路を娶《めと》ることが出来る。自分の行く末が分からぬままでは一緒になることも出来ないではないか」

浜路は嬉《うれ》しかった。信乃が、自分のことをはっきりと言ってくれたのは、初めてだった。

「浜路の淋しい気持は分かる。すぐに戻って来るのだ。駄々をこねないで待っていてくれ」

「はい」

信乃の気持を聞けたことが何より嬉しかった。何も分からずに淋しいからといって駄々をこねていた自分が恥ずかしかった。

その時、庭樹の小枝が屋根を打つ音がした。風が強くなっているらしかった。夜嵐が吹き荒れては満開の桜もすっかり散ってしまう、そう思った時、浜路はまた不安になってきた。

「連れて行けないというのなら、抱いておもらい」

亀篠の言葉を突然思い出した。人間の運命なんていつどう変るか分からないんだよ。

「信乃兄さま……」

浜路は、必死で信乃を見つめた。後の言葉が続かない。

「どうしたんだ、浜路？」

何を言っていいか分からなかった。体がほてるように熱くなっていた。目を閉じて崖《がけ》から飛び下りるような気持で言った。

「どうしても私を連れてはいけないとおっしゃる信乃兄さまの気持は分かります、そのかわり……そのかわり、今夜ここで、私をお兄さまの妻にして下さいませ」

「何だって?!」

信乃が、びっくりして浜路を見た。

浜路は覚悟を決めたように、信乃を見つめている。切なさで眼に涙を浮べていた。

「私を信乃さまの妻にして下さいませ」

「自分の言っていることが分かっているのか、浜路?!」

信乃の顔には驚きしかなかった。

浜路は信乃の前ににじり寄った。

「信乃兄さま。私は不安なのです。なぜだか分かりません。でも、不安でたまらないのです。その気持を分かって下さいませ」

「なぜだか分からない不安を分かれと言われても困る。浜路の口からそんなはしたない言葉を聞くとは思わなかった」

「はしたないと思われることは覚悟の上でございます。私は、信乃兄さまの妻だと自分に思い知らせたいのです」

「いいかげんにしてくれ、浜路」

信乃は、あきらかに不快な顔をした。

「明日の旅が、私にとってどんなに大事な旅なのか分かろうとせず、どうして自分の気持ばかり言いつのるのだ」

信乃は、浜路から顔をそむけて村雨丸を抜いた。

「この刀は、父上が私のために残してくれたものだ。古河行きは、父上の遺志を成就する私にとっては大切な旅なのだ。なぜそれを分かってくれぬ。どうして自分の気持ばかり大切にして駄々をこねるのだ」

信乃は、浜路の心のなかにひろがっている言い知れぬ不安を、少しも分かってはいなかった。ある意味では、信乃もまた、自分の気持ばかり考えていたのだ。

信乃も浜路もまだまだ若かった。若さが、亀篠の望み通りに、二人の運命を少しずつ悲劇の淵へと運んでいく。

「明日の朝は早い。浜路、そろそろ部屋を出ていってくれないか」

村雨丸を鞘《さや》に納めて、信乃は、きっぱりと浜路に言った。

6

翌朝、浜路が眼ざめた時、信乃はもういなかった。

まだ暗いうちに蟇六と亀篠夫婦が離れに来て、浜路には言いきかせて安心させるから、寝ているうちに発《た》った方がいいと勧めたのだ。

「昨夜、私と浜路の間であったことを、伯父と伯母は知っているのだな」

旅立つ朝、浜路に切な気な顔をされるのがいとわしく、信乃は、二人の言うままに旅立っていった。

信乃がいないことを知った浜路は、間に合わぬと知りつつ表に飛び出した。

庭は、桜花で埋めつくされていた。

夜嵐が花を散らしてしまったのだ。その可憐《かれん》な薄桃色の敷物の上で、浜路は一人呆然《ぼうぜん》と立ちつくした。

「一言ぐらい声をかけてくれてもいいのに。昨夜あんなことを言ったので、信乃兄さまは私のことを嫌いになってしまったのだろうか……」

すさぶ夜が　ただただ不安だった。理由のない不安は、朝になってもまた消え去ってはいない。

浜路は心に言いきかせた。

「信乃兄さまの言った通り、心配するほどの旅ではない。十日もすれば信乃兄さまは帰ってくるのだ。村雨丸を持っていきさえすれば、仕官の道は叶《かな》うとはっきり言っておられた。それが、自分と一緒になるためだと……」

浜路もまた、自分を待ち受けている無残な運命に、少しも気づいていなかった。一夜にして満開の花を失ってしまった庭の桜に、不吉なものを感じながらも、それが自分の行く末を暗示しているとは思ってもみなかった。

「行ってしまったね」

いつの間にか、亀篠が来ていた。

「ええ……でも……」

すぐに帰って来るのだからと浜路が言おうとした時、亀篠が驚くようなことを言った。

「信乃はもう帰って来ないかも知れないよ」

「えッ?!」

浜路は、仰天した。

「どういうことですか、お義母《かあ》さま?!」

「昨夜、お前がいくら言い寄っても、信乃はお前に手を出そうとはしなかっただろう?」

「…………」

「実は、昨夜、私とお義父《とう》さまとで信乃にあることを言い含めておいたのだよ」

「あることって?!」

「お前が陣代さまの想われ者になっているってことだよ」

「え?!」

「陣代さまの館に差出せと、強く申し渡されていることだよ」

「…………」

初めて聞くことだった。

「無駄な心配をさせまいとして、お前には何も言わなかったのだけれど、陣代さまの言うことをきかなければ、この家はどんなことになるか分からないのだよ」

「…………」

「私たちは、そのことを包みかくさず信乃に話し、もしお前がそのことを承知の上で、それでも浜路を好きだと言うのなら、浜路をはっきり信乃のものとしてやって欲しい。そして、今度の旅に一緒に連れていっておしまいと頼んだのだよ。昨夜私が、お前を信乃の部屋にやったのも、そんな訳があったからなのさ」

まったくのでたらめだった。亀篠も蟇六も、陣代のことは何も信乃に知らせていない。

しかし、亀篠の言うことは、もっともらしく筋が通っていた。そんな申し出を受けた後に、信乃が浜路に手を出そうとせず一人でさっさと旅に出たとなると、それは、浜路にと

「信乃がお前を連れていってしまえば、もちろん私だってお義父《とう》さまだって、どんなひどい目に合うか分からない。でも、お前も信乃も我が子同然に育てた子供なんだ。二人が幸せになるのなら、私たちは夜逃げしたっていいじゃないかと、お義父さまと話し合ったのだよ」

「……」

「しかし、信乃がそれほど浜路のことが好きではなくて、この家のために思い切れるというのなら、浜路をてつかずのままで置いて、一人で旅に出てくれないかと頼んだのだよ」

「では、信乃さまは私のことを……」

「この家のために陣代さまのところに差出してもいいと思ったんだよね」

「そんな……」

浜路は絶句した。

「あの子は、親孝行な子だったからね。自分の無理を通したら、育ての親である私たちに悪いと思ったんだろ。お前のことを好きな気持はそれくらいだってことだよ」

「嘘です……そんなこと、嘘です……」

「私も出来ることならそう思いたい。でもこの手紙をお読み。信乃がお前に残していった手紙だよ」

亀篠が差出した手紙を、浜路は奪い取るようにしてひろげた。

「浜路どの
　朝が早いので黙って旅立ちます。
必ず村雨丸を足利成氏どのの許《もと》に献上し、仕官の路《みち》を拓《ひら》くつもりでおります。浜路どのの心配してくれる気持は嬉しいが、男一人の古河までの旅、それほど危い路ではありません。
　私が旅立った後は、父上と母上の言いつけをよく聞いて下さい。私からもお願いします。そのかわり、私の命より大事なお守りをここに置いておきます。私だと思って、いつまでもそばに置いて下さい。
犬塚信乃」

　この手紙は、蟇六と亀篠が、朝早く信乃に書かせたものだった。蟇六と亀篠は、三枚の紙に手紙を書かせ、中の一枚をこっそりと破り捨ててしまったのである。その一枚には、浜路を想う心が書き連ねてあり、すぐに戻ってくるから待っていて欲しい、仕官が叶えば必ず浜路を妻にすると、信乃の気持がはっきり述べてあったのだ。

　その一枚を破り捨ててしまったのだから、手紙は読みようによっては、父上と母上の言うことを聞いて陣代の許に行け、自分はもう戻ってこないつもりだから、替りにお守りを置いていく。そう取れないことはない。混乱しきった今の浜路には、そうとしか思えなかった。

浜路は、手紙を見つめた。

昨夜、信乃があくまで自分を寄せつけなかったことの裏には、こんなことがあったのだ。信乃は、自分よりも、この家に孝を尽すことの方を選んだのか。自分への愛よりも、その方が大事だったのか。そして、自分一人で仕官の路を求め、さっさと旅立っていったのか。自分は、信乃にとってその程度の価値しかない女だったのか。

浜路は、絶望の淵に追いやられてしまった。

「そのお守袋はね、信乃が子供の時から肌身はなさず持っていたものなんだよ。そのお守袋を置いていくってことは、よくよくの決心だったのだと思うよ。二度と浜路に会うこともないだろうから、せめてこれを浜路に渡してくれって、そう信乃は言ったのだよ」

お守袋は、浜路のために置いていってやってくれと、亀篠が無理に頼んだのだ。

「浜路が不安になっている。浜路にはお前と別れ別れになるのは初めてのことだから無理はない。お前のお守袋でもそばにあれば、浜路の心も落着くと思う。大事なものだろうけど置いていってやっておくれ。どうせすぐに戻ってくるのだから」

そう言って、信乃が肌身はなさず持っていたお守袋を取り上げたのだ。

亀篠は、自分の言ったことが浜路の心を混乱させたことを知り、企みが予定通りに進んでいることに満足して、家のなかに入っていった。

浜路は、亀篠に手渡されたお守袋を見た。今さら信乃の形見など欲しくはないと思った。自分を捨てていった男から、お守袋を貰《もら》ったところで何になるというのか。

浜路はお守袋を開けた。お守袋を開けると、不吉なことが起るというのは聞いたことがある。しかし、今の浜路には何が起ろうと平気だった。今、受けた衝撃以上に恐ろしいことが、この世にあるとは思えない。

お守袋のなかに入っていたのは、水晶のような透明な玉であった。じっと見つめていると、朝の光に照し出されたその玉の中心に、ゆっくりと「孝」の文字が浮び上って来た。玉は、それ自体が光を持つかのように、ほんのりと輝いている。

「孝……」

浜路は皮肉な気持でその玉を見た。信乃は、「孝」のために自分を捨てていったのだ。

7

朝早く家を出た信乃が荒川《あらかわ》まで来ると、伯父の蟇六が土手で待っていた。

「今日はお前の大事な門出の日だから、せめて荒川だけでも私の手で渡してやろうと思って待っていたんだよ」

蟇六は笑顔を浮べていった。その裏に悪心が隠されているとは知らず、信乃は伯父の言葉を素直に受けとり、蟇六が川に舫《もや》いであった舟に乗った。

「船頭、出しておくれ」

頬《ほお》かむりをした船頭が、川の流れに竿《さお》をさす。

う事が多く、朋輩《ほうばい》に強訴されて追放され、大塚の里まで流れてきた。口数の多い男にふさわしく、戯《ざ》れ曲《うた》、小鼓、小唄《こうた》等の遊芸の道は得意であり、近所の子女に舞いや今様《いまよう》（流行《はやり》歌）を教えて生計を立てていた。浜路も亀篠も、左母二郎のところに通っていたことがあり、左母二郎は浜路の楚々《そそ》とした美しさに、秘《ひそ》かに欲望を抱いていたのだ。陣代・簸上宮六が蟇六の家に泊った時には、左母二郎はその饗宴《きょうえん》の席で幇間《ほうかん》のように立ちふるまい、蟇六夫婦を喜ばせた。

舟は、ゆったりと流れる荒川を横切って向う岸に近づいた。

「足利成氏さまは必ずお前を侍としてとり立てて下さる。しっかり頑張ってくるんだよ。父上が守り持って来た村雨丸を無駄にしてはいけないぞ」

蟇六は伯父らしいことを言って、信乃の着物の衿《えり》を正してやったりしている。

「そろそろ向う岸だな」

蟇六は立ち上った。

その時、ゆらりと舟が揺れた。

蟇六の体がよろめき、

「あッ……」

声を上げたと思うと、川に落ちてしまった。

「助けてくれ！　助けてくれ！」

蟇六は川面《かわも》でもがいている。

「船頭、竿だ！」

信乃は船頭から竿を受けとろうとしたが、船頭はもたもたしていて竿が信乃の手に渡らない。

その間に、蟇六はどんどん下流へ流されていった。

「助けてくれ‼」

手をばたばたさせながら、浮き沈みしている。

船頭が一番に川に飛び込んで溺《おぼ》れる者を助けるべきなのに、この船頭、すっかり慌ててしまって、船をただくるくる廻《まわ》すばかりで、一向に何もしようとはしない。

それが左母二郎の計略であることに気づく余裕は、信乃にはなかった。荒川の流れを泳ぎきるくらいの力を、蟇六が持っていることに気づく余裕もない。

自分の育ての親が、

「助けてくれ‼」

と、悲鳴を上げて沈んで行く様子を見て、信乃は反射的に川に飛び込んでいた。

左母二郎が秘かに笑った。

ゆったりと流れているように見える川も、水中に入ると流れが速い。あっという間に自分から遠ざかって行く蟇六に、信乃は抜手を切って近づいていった。

いきなりしがみつかれて、信乃は、蟇六と一緒に水中に沈んだ。水を飲んでしまって、水面《みなも》に浮び上ると大声で叫んだ。

「しがみついては駄目です‼　もう大丈夫です‼　大丈夫です、伯父上‼」

蟇六はなおも信乃の足をつかんで来る。信乃はまた水中深く沈んだ。

信乃と蟇六が川のなかで揉《も》みあっている間に、左母二郎は、船底に隠してあった剣を取り出し、信乃が舟に残して行った村雨丸の包みをほどくと、なかのものをすり替え、また元のように紐《ひも》を結んだ。

左母二郎がすり替えた刀は、鞘の色といい鍔《つば》の模様といい、柄の兜金《かぶとがね》、文様、覆輪《ふくりん》の具合といい、村雨丸と外見だけは寸分違《たが》わないものだった。

すり替えた村雨丸を船底に隠すと、左母二郎は、浮き沈みしている二人に何食わぬ顔で竿を差出す。

「信乃、お前を見送りに来て、とんだヘマをやってしまった。お前が助けてくれないと、私はきっと溺れ死んでいた」

向う岸につくと、蟇六は、信乃に向って何度も頭を下げた。

「川の流れがあんなに速いとは、私も知りませんでした。うっかりしていたら二人共溺れ死んでいたかも知れませんね」

「晴れの門出の日に、お前をそんな目にあわせてしまったら、浜路に何と言っていいか分からない。信乃、これからの道中くれぐれも気をつけておくれ」

すべてが計略であったのに、蟇六は何食わぬ顔で言う。

村雨丸がすり替えられていることなど露知らぬ信乃は、何度も気をつけろと言う伯父の心に感謝の言葉を返しながら、向う岸の土手を上っていった。

「お前さんの芝居《しばい》、仲々堂に入ってたよ」

舟を返しながら、左母二郎が蟇六にいった。

「わしは、子供の頃から村一番の泳ぎ手だったんだ。溺れる芝居は大変だったよ」

左母二郎に替って舟を漕《こ》ぎながら、蟇六が笑った。

川の途中まで来ると、左母二郎は、舟底から村雨丸を出して鞘から抜いた。朝の光の中で、村雨丸がきらりと光る。その刀身が朝露を含んだように滑《ぬめ》っている。

「これが村雨丸か……」

左母二郎は、刀身の輝きに吸い込まれるように見入った。

その時、左母二郎の心に、思いもよらぬ計略《たくらみ》が浮び上っていた。

8

「来てくれたのか、浜路どの、来てくれたのか……」

下男が二人、下女が一人いる他は誰もいない。

蟇六に娘をさし出すよう強く申し渡したものの、こんなにすんなりと浜路が自分の許に来るとは、簸上自身思ってもいなかった。

「よう来たの、浜路」

簸上の怪異な顔が、うつむいたままの浜路の顔を覗《のぞ》き込んだ。

「なにもそう怖がらなくともいい。顔を上げてその美しい顔を見せておくれ」

顎《あご》に手をかけて浜路を仰向《あおむ》かせた。浜路は意志を失った人形のように、簸上のなすがままになっている。信乃が自分を捨てて一人旅立っていったと亀篠に言われた時に、浜路の人生は終っていた。

亀篠と蟇六の二人に、

「私たちを助けると思って、ここは眼をつぶって陣代さまのところへ行っておくれでないか？」

「陣代さまの申し出を拒めば、この家はどんなことになるか分からないのだよ」

と、かわるがわる言われ、

「私たちだってお前を育てるために言うに言われぬ苦労をした」

「お前が病気した時なんか、亀篠は三日三晩寝ずの看病をしてすっかり痩《や》せ細ったことがあった」

と、育ての恩を押しつけられ、

「私たちだって、可愛いお前にこんなこと言うのは、よくよく困りはててのことなんだ」

「私たちの命を助けると思って、一生に一度の頼みを聞いておくれでないか」

と、畳に頭をこすりつけるようにされると、浜路はいやとは言えなくなっていた。

信乃のことで衝撃を受けた浜路は、二人に盾つく気力など失《な》くしていた。自分の人生がどうなろうと、どうでもいいような気がしていた。一番おぞましいと思うところに飛び込むことで、自分自身を、自分の人生を痛めつけてしまいたい気持もあった。

すべてが滅茶苦茶になればいいと思った。浜路は、自分の養父母によって巧妙に仕組まれた罠であったことなど露ほども知らず、その身を簸上宮六の前に投げ出してしまったのだ。

「お前も一杯飲まんか？」

簸上宮六は上機嫌で盃《さかずき》を差出した。狙っていた美しい獲物《えもの》が、すぐ手の届くところにいる。後は手を伸して摑《つか》みとるだけだ。猟師にとって、こんなに心の踊る一瞬はない。

美しい獲物は、簸上に言われるままに盃を受け取り、注がれた酒を一気に喉《のど》に流し込んだ。ほっそりとした白い喉が動くのを、簸上は眼を細めて見つめていた。

この美しい獲物を、今夜はどんな風に料理してやろうか。

浜路が咳込《せきこ》んだ。

「大丈夫か、浜路？」

ぶ厚い手の感触が、何とも言えずおぞましかった。思わずその手をはらいのけようと背を突張らせたとき、後から浜路を抱くようにして、籔上が胸に手を差込んで来た。

「あ……」

意志を失った人形のようだった浜路が、反射的に体を屈《かが》めて、手から逃れようとする。

信乃にさえ触れさせたことのない肌なのだ。

籔上は、遠慮なく厚い手を胸に突き入れてくる。その手が、華奢《きゃしゃ》な体つきにしては思いもよらぬ豊かなふくらみに触れた。

「ほう……」

籔上の手に力がこもった。

荒々しく浜路の胸元をはだけると、後から廻った手が、ふくらみをわしづかみにしてきた。

「いや……」

浜路が体を屈めて、その手を胸元から外そうとする。

籔上の手は、余裕を持って柔らかな感触を楽しんでいた。親指と人差し指で、ふくらみの頂点の小さな蕾《つぼみ》を痛いほど摘《つま》んで来る。

「痛い……」

浜路が、小さな悲鳴を上げた。

「そうか……痛いか……」

籤上の声は、浜路の悲鳴を楽しんでいた。浜路の着物の下で、籤上の手がぞろりと動く。もう一方の蕾を、同じように強く摘んで来た。

浜路は歯をくいしばって痛みに耐えた。自分に悲鳴を上げさせようと思って、わざと痛くしていることが分かったからだ。籤上を楽しませるために悲鳴を上げるのはいやだ。

「気が強いの、お前は……」

籤上にも、浜路の心が分かった。

「わしを喜ばせるのはいやかのォ……」

籤上の指が、浜路の乳房の上を這《は》う。張りつめたふくらみの上を、厚ぼったい指が撫《な》でまわした。

浜路は、そのざらりとした感触に耐えた。

「わしは気の強い女の方が好きなのだよ」

籤上は、遠慮なく乳房を揉んだ。強くわしづかみにしてくる。

「すぐ声を上げてしまう女など、私は興味はない。声なんか上げるものかと必死で頑張る気の強い娘を、少しずつ料理して声を上げさせてこそ、無上の楽しみというものなのだ」

口から出る言葉もふくらみを揉む手も、同じようにいやらしかった。

「いくらわしを嫌おうと、こうやってわしに乳房を揉まれることが死ぬほど嫌だろうと、

簸上の手が乳房をしぼり上げるように揉んだ。また乳首を強くはさみ込んで来る
浜路は必死で痛さに耐えた。

「痛いのォ……ほれ、痛いのォ……」

簸上が笑った。

「強情なところ、気に入ったぞ、浜路。夜は長い、これからじっくりとお前の体を楽しませてもらおう」

言葉の終らぬうちに、浜路はふわりと抱き上げられていた。浜路の小柄な体は、簸上のいかつい体の中にすっぽり入ってしまった。

「可愛い女だ。可愛くて強情な女……わしの趣向にぴったりではないか」

簸上は、この上ない満足感で、浜路を寝所に運び込んでいった。

9

寝所の褥《しとね》の上で、簸上は、小柄な浜路の体をあっちへ転がしこっちへ転がし、着ているものを剝《は》がしていった。思うままに素裸に剝《む》かれてしまっても、浜路は手で前を隠そうともせず、死んだように横たわっていた。

死ぬほど恥ずかしくはあったが、恥じらいを見せるのはいやだった。それこそ、簸上の求めているものなのだ。簸上が楽しもうとしているものなのだ。

簸上が何をして来ようと無反応でいることが、今の浜路に出来るせいー杯の抵抗だった。

鏇上の手が浜路の全身を撫で廻している。全身に鳥肌が立つ。浜路の体が見せた唯一の反応だった。

しかし、浜路の鳥肌は、鏇上の嗜虐《しぎやく》の心をあおり立てていった。いやがる娘を権力で我がものにし、自分のことを嫌っている女を虐《いじ》め抜き悲鳴を上げさせ、やがては女体としての反応を示すまでに馴《な》らしていく。鏇上はそんな性癖の持主だったのだ。

浜路が魂を失った人形のように体を投げだせば、その人形を必ず泣き叫ばせてやると、鏇上の心は逆にあおり立てられたのだ。

華奢な肩の下で豊かな盛り上りを見せる双《ふた》つの乳房は、体が細いだけに思いもよらぬ強烈な刺激となって男の眼を射る。腰もさほど大きくはなかったが、充分な丸みと張りを見せていて、哀《かな》し気な美貌《びぼう》からは想像出来ない、若い女の生命力が漲《みなぎ》っていた。

鏇上は匂い立つ御馳走《ごちそう》を前にした飢えた犬のように、ごくりと唾《つば》を飲み込んだ。鏇上の思っていた以上の獲物だ。嗜虐の心を持つ男にとっては、極上の女体だったのだ。

鏇上は、浜路をうつ伏せにした。

後手に腕を上げさせ、絹を縒合《よりあわ》せた黒縄で、二の腕を縛り上げた。

そのままの格好で仰向かせると、瑞々《みずみず》しく弾む双つのふくらみにも強く縄をかけて行く。

白い乳房が歪《ゆが》み、黒い縄目から潰《つぶ》れそうな形で飛び出した。初めてにしては少しきついかと鏇上は思ったが、これからどんな目にあわせられるか、浜路に思い知らせておくつもりだった。縄の残りを浜路の肢《あし》にまわし、両脚をねじ上げるような形で胸元に縛りつける。

両膝を曲げたまま大きくひろげられ、蛙が裏返しにされて白い腹を見せているような無残な形で、浜路は布団の上に転がされた。

浜路は一言も言葉を発しない。無言の抵抗を、籔上は心のなかで嘲笑《あざわら》った。

「せいぜい頑張るがよい、浜路。女の体がどんなものか、ゆっくりとお前に思い知らせてやる」

少し痛めつけてみようと、籔上は思った。

痛めつければそのうちに悲鳴を上げる。そして、その悲鳴が喜悦の声に変っていくのは、今までの経験からして、時間のかかることではない。

10

籔上宮六の寝所の天井に、ひとりの男が張りついていた。

左母二郎であった。

「陣代の野郎、こんな性癖《このみ》を持ってやがったのか」

籔上が、淫《みだ》らな形に浜路の体を縛り上げて行くのを真下に見ながら、左母二郎はつぶやいた。

天井裏は、絶好の見物席だった。籔上宮六が浜路をものにする前に、飛び込んで助けるつもりで天井裏に忍び込んだのだが、陣代が異常な性癖を持っていて、浜路の白い体に縄がかけられ、見る見るうちに淫らな形を取らされていくのを見ると、もう少し高みの見物をしようという気になった。

左母二郎は腕に村雨丸を抱《かか》え込んでいた。その村雨丸は、つい先程、蟇六と亀篠の二人の命を奪っていた。

さすがに見事な切れ味であった。

左母二郎程度の腕でも、蟇六も亀篠も一刀の許に体を切り裂かれ、声も立てずに倒れたのだ。

船の上で村雨丸を見た時に、左母二郎の企みは始まっていた。

剣に趣味のある男ではないから、村雨丸が欲しかった訳ではない。村雨丸を奪うことで、左母二郎はまた別のものを手に入れようとしていたのだ。

日頃から狙っていて、一度は諦《あきら》めかけていたものを、確実に手に入れる計略《たくらみ》を左母二郎は船上で思いついた。邪魔な人間は死んでもらわなければならない。

真下に見える簸上の手に、笞《むち》が握られている。

無防備に晒されている浜路の白い腹めがけて簸上が、笞を振り下した。黒い縄に喰《く》い込まれ、奇妙に歪んだ形で縄目から飛び出している乳房の上にも、簸上は笞を使った。浜路は、一言も声を上げなかった。

笞の先が体に当たるたびに、ぴくりと白い体が震えるところを見ると痛みは感じているのだろう。浜路は悲鳴を上げまいと必死で耐えている。浜路の白い腹に、柔らかな乳房に、赤い線が走った。

「ひどいことをしやがる……」

そんな性癖などない左母二郎は、嗜虐の光景をいつまでも楽しむ気にはなれず、天井板を足で踏み破って、一気に下へ飛び降りて行った。

浜路の体に笞を振り下したばかりの簸上が驚いて振り返る。その首をはらうように、村雨丸が動いた。簸上の首が体から離れ、音もなく部屋の隅に転っていく。残った体が血を噴き上げながら倒れた。

その血に汚されまいと、左母二郎は丸く縛り上げられた浜路の体を、慌てて部屋の隅に引きずっていった。

「私だ。左母二郎だ。浜路どのを助けに来た」

左母二郎は、浜路の体に掛けられた縄をほどいた。

首を失った簸上の体が痙攣《けいれん》している。

左母二郎は浜路の体の上に着物をかけると、肩にかつぎ上げて表に走った。

物音を聞きつけて下女と下男が出て来ないうちに、左母二郎は廊下を走り抜けた。

館を飛び出す時に、村雨丸を取り落すことを忘れなかった。

村雨丸を落していけば、陣代殺しは信乃のしたことだと見なされる。恋する浜路を陣代の餌《え》食《じき》にされそうになり、怒った信乃が伯父と伯母を殺し、さらに簸上宮六を殺して浜路と共に逃げた。誰もがそう思うだろう。間違っても自分に嫌疑がかかることはない。

この後は、浜路に恩を着せ、浜路を自分のものにすることだけだ。

「もう大丈夫だ、浜路どの」

しばらく走ってから、左母二郎は浜路の体を肩から下した。

「こちらを向いているから、着物を着るがよい」

左母二郎はやさしく言った。今はとにかく、親切にしておくにかぎる。

浜路は樹《こ》蔭《かげ》で着物を着た。訳が分からなかった。左母二郎が簸上宮六を殺して自分を救ってくれるなんて、思いも寄らないことだった。

左母二郎が自分に気のあることは、前から分かっていた。亀篠と二人で左母二郎のところへ舞いや今様を習いに行っていた時に、自分の方ばかり見ていることは分かっていた。その眼が嫌らしかった。どうしても好きになれない男だった。

その左母二郎が、人を殺《あや》めてまで自分を助けてくれた。

「私は、浜路どのを陣代の餌食にしたくなかったのだ。蟇六どのから、浜路どのを陣代のところへやったと聞いて、いても立ってもおられずあの館に忍び込んだのだ」

「………」

「陣代もひどい奴《やつ》だが、蟇六と亀篠どのもひどいことをする……」

自分もひどい男のくせに、しれっとして左母二郎は言った。

「私は、浜路どののために人殺しになってしまった。陣代殺しの罪は重い。私はこれから一生追われ続けなければならない」

左母二郎は、しれっとして天を仰いで見せた。

「私のためにそんなことまで……」

浜路の言葉が跡切《とぎ》れた。感謝しなければいけない立場にあることは分かっていた。でも、素直に感謝の言葉が出ない。

「いいのだ、浜路どの。私は、浜路どののためならどんな事でもする気でいたのだから。私は、それほど浜路どのが好きだったのだよ」

頬《ほお》にかかる左母二郎の息が、厭《いと》わしかった。ただ、あの簸上宮六の厚ぼったい手で全身を撫で廻され、屈辱的な格好に縛り上げられ、笞で打たれるよりは、はるかにいい。

「これから逃亡の旅に出なくてはならない。浜路どのも一緒に来てくれるだろうね」

左母二郎の女のような指が、浜路の手を握ってくる。

細くしなやかなくせに、妙に脂ぎった指だった。その指の感触が、まったく正反対の厚ぼったい簸上の指を、なぜか浜路に思い出させた。

悲しいことに、信乃の指の感触を忘れてしまっていた。忘れるよう、自分の心に言いきかせたのかも知れない。

自分を陣代の許にさし出した、養い親の処《ところ》へは帰る気はない。信乃が帰ってこないと知った今では、浜路には居場所はなかった。どうしても好きになれない男だったが、左母二郎は自分のために人殺しの罪まで犯してくれたのだ。左母二郎と一緒に行くことが、自分に課せられた運命なのかも知れないと浜路は思った。

満開の桜の花のように、喜びで満ち溢れていた自分の人生が、突然のように暗く哀しいものとなってしまった。あの夜の嵐で、自分の幸せも無残にも散ってしまったのだろうか。

すべては、信乃が自分を捨てて旅立っていったことから始まったのだ。浜路はまた信乃を怨《うら》みそうになって、慌ててその気持を振り捨てた。

浜路は顔を上げて左母二郎に言った。

「御一緒に参ります」

「ほんとうか、浜路どの！」

込み上げて来る笑いを、左母二郎は必死で隠した。一番賢かったのはこの俺《おれ》ではないか。

黒い縄を掛けられ、淫猥《いんわい》な格好に縛り上げられた浜路の白い肉体が、生ま生ましい光景となって左母二郎の心に甦《よみがえ》ってきた。

第五章　芳流閣《ほうりゅうかく》の決闘

1

「犬飼現八《いぬかいげんぱち》、出ろ！」

獄吏《ごくり》に呼ばれた。ついに処刑の時が来たのかと、現八は思った。

地下の一人牢《ろう》で、今一度帯を締めなおした。ゆっくりとした足取りで牢を出る。

「早くしろ！」

若い獄吏がいらだった。

もう一人の獄吏が眼《め》を伏せる。年老いた獄吏は、この間まで現八の手下だったのだ。この春まで、現八はこの獄舎の長《おさ》をしていた。

「死ぬ日ぐらい、慌てさせるな」

現八がドスのきいた声で言うと、若い獄吏が黙り込んだ。

二人に縄を引かれて、現八は歩いていく。湿った牢の空気が、表に近づくにつれて爽《さわ》やかな風に変っていく。蟬《せみ》の声が激しく聞えてきた。

「夏か……」

現八は思った。皮肉な運命だった。ついこの間までは、現八自身が罪人を引き立てていったのだ。現八自身が罪人を処刑する立場にあったのだ。

すべてが、あの「玉」のせいだった。

2

現八は、古河の飛脚侍だった犬飼見兵衛《けんべえ》に育てられた。

ある日、安房《あわ》へ飛脚に出た見兵衛は、帰り道、飢えて疲れはてた旅人と出会った。旅人は稚児《おさなご》を胸に抱き、川に身をなげようとしていた。

思わず声をかけ、見兵衛は、路銀を与えて稚児を引きとってきた。

見兵衛は、微禄《びろく》で身分の低い侍だったが、心のやさしい人間だった。その頃《ころ》には妻と死別していたのだが、稚児を男手ひとつで立派に育て上げた。

「この子は武芸の達人にしたい」

それは、飛脚侍で終った見兵衛の切なる願いでもあった。

見兵衛は、現八を、山城《やましろ》流組討ちの術を編み出した二階松山城介《にかいまつやましろのすけ》の門下に入れた。

山城流組討ちの術というのは、刀術を表芸とし和術を裏芸とする、組合組討四十五条からなっている。山城介は、実戦においては刀術よりも組討ちが効果的であることを知っていた。

た。

弟子となった。

現八は、獄吏として足利成氏に仕官することになる。捕物拳法《とりものけんぽう》の使い手としては、現八の右に出るものはなく、現八は数限りない手柄を立て、二十五の若さで獄舎の長《おさ》に選ばれた。

順風満帆の人生だった。

老齢だった見兵衛は、現八が獄舎の長にまで出世したのを見届けて、満足して死んでいった。見兵衛が他界した時、現八はお守袋の中味を見る気になった。お守袋は、現八を旅人からゆずり受けた時、肌着にしっかりと縫いつけてあったものだった。現八は、肌身はなさず持っていたが、中味を見たことはなかった。

獄吏という情容赦のない仕事をしていた現八は、習慣で身につけていただけで、お守袋など興味はなかった。あの時になぜお守袋の中味を見る気になったのか、今でも分からない。

運命、そうとしか言いようがない。

お守袋の中には小さな水晶のような玉が入っていた。玉をじっと見ていると、それ自体が光を放つようにほんのりと輝き、なかに「信」の文字が浮び上ってきた。

「信か……」

その時には、自分にぴったりの言葉だと現八は思ったのだ。

現八は、古河公方・足利成氏公を信じ、父・見兵衛を信じ、自分の職業も自分の未来も信じていた。

現八は、時々、玉を取り出して見るようになった。玉のなかにほんのりと浮ぶ、「信」の文字を見るのが好きだった。

玉を見ているうちに、現八は獄吏としての仕事に疑問を感じるようになっていったのだ。あれほど信じ、あれほど満足していた獄吏の仕事に。

獄吏という仕事は、罪を犯した人間を捕えるだけではない。ある時には、捕縛《ほばく》人を疑問の残るまま牢に放り込み、首を刎《は》ねる。ある時には、権力に盾つく人間をわざと罪に陥れて、刑台に上らせる。ある時には、罪人の親や子に至るまで、見せしめのために斬首《ざんしゅ》の刑に処したりする。

獄吏は、常に強いものの味方であり、権力を持つものの手先である。そのことが、少しずつ、身に染みるように分かってきたのだ。

それまでにも分かっていたに違いない。眼《め》をそらせ、分からないふりをしてきたにすぎなかったのだと思う。上のものの言うままに動き、自分の腕を誇っていた現八だったが、玉を見続けているうちに、自分のしていることの本質が、薄紙をはぐようにはっきりと分かってきたのだ。

ある時、一揆《いっき》の企《たくら》みをしたという咎《とが》で捕えられた百姓が、

「俺《おれ》

その叫び声を聞いていた現八は、矢も盾もたまらなくなって、自分一人の権限でその処刑を中止させた。獄舎の長にそんな権限はない。現八の行為は城主への反逆と見なされ、現八は死罪を申し渡されて、牢に繋《つな》がれる身となったのだ。

3

「信じてくれ！」

泣き叫ぶ人間は何人もいた。

本当に罪を犯していても、

「何もしていない、信じてくれ！」

と、最後のあがきで喚《わめ》き散らす人間も多い。

これまで、そんな泣き言には一切耳をかさず、現八は刑場に送り出してきた。

なぜ、あの百姓の叫びを信じる気になったのか。あの玉のせいだろうと思う。玉のなかに浮んだ「信」の文字のせいだろうと思う。

あんな文字のせいで自分の一生を棒にふってしまったことが、ひどく馬鹿なことに思える。いや、一生を棒にふるどころか、命まで失うことになったのだ。

しかし、不思議と爽やかな気持だった。これでいいのだと思った。これまで通り獄吏を続けていくよりも、この方がはるかにいいという気がした。

獄舎を出た現八は、城の方に連行された。

「どこへ行くのだ。刑場へ行く道とは違う」

若い獄吏は何も答えなかった。もう一人が、

「横堀在村《よこぼりありむら》さまが、櫓《やぐら》へ連れてこいとおっしゃられたのです」

「櫓へ？」

横堀在村は成氏の重臣だ。櫓へ着くと、在村の他に重臣たち物々しい顔で待っていた。

「犬飼現八」

「はい」

「芳流閣《ほうりゅうかく》の三層の楼閣に逃げた曲者《くせもの》がおる。それを見事捕えればお前の死罪は免じる」

思ってもいなかったことだった。

驚いたのは、自分のことよりも、芳流閣の三層になった大屋根に登った人間がいるということだった。普通の人間には、容易に登れないところなのだ。

「曲者の人数は？」

「一人だ」

「一人?! 一人で芳流閣の三層の大屋根に逃げたのですか？」

「そうだ」

「どうやって？」

「屋根の上で大きく跳ぶと、そのまま上層の屋根のそりに手をかけてはねあがったのだ」

「縄をも使わず登ったというのですか？」

「そうだ」

「透破《すっぱ》ものですか？」

「そうかも知れぬ。足利家に伝わる宝刀を返納すると言って城に入り、持って来たものは贋物《にせもの》だった。古河城内の様子をさぐりに来た、上杉憲忠《うえすぎのりただ》の間者《かんじゃ》であると思われる。このまま城から出す訳にはいかぬ。幸い、敵は大屋根に逃げたものの身動き出来ずに立往生している。お前ならきっと捕える術《すべ》を見出《みいだ》すであろうと、成氏さまの特別のおはからいで、お前を獄舎から出したのだ。見事捕えて、そのお心に応《こた》えなくてはならぬぞ」

自分たちが利用する気なのに恩着せがましく言うのだから、権力を持つ者は勝手なものだ。

現八は、死罪を免れるかも知れないということよりも、芳流閣へ逃げたという曲者の方に興味があった。あの大屋根に猿のごとくよじ登ったとなるとただ者ではない。相当に腕の立つ奴《やつ》だ。

家中に並ぶ者はないと言われた捕手としての血が滾《たぎ》った。

現八は、用意された捕物用具を手早く身に着けた。太刀、身甲《はらまき》、肱盾《こて》、臑盾《すねあて》、十手、捕縄……久しぶりに身に着ける用具に、体がはずむのを感じた。

「俺はしょせん獄吏でしかないのか……」

獄吏の仕事を拒否したために死罪を申し渡された自分だったのにと、現八は苦笑いした。

4

芳流閣というのは、遠見《とおみ》のために建てられた高楼《こうろう》である。見事なそりを持った大屋根が三層に張り出し、はるか下には、利根《とね》の本流である渡良瀬川《わたらせがわ》が、大きなうねりとなって流れている。

城の広庭から、数十名の従卒たちが弓に矢をつがえて大屋根を射ていたが、大屋根のそりに隠れてしまった曲者は姿さえ見えず、矢を無駄にしているだけだった。

大屋根に、従卒たちが登ろうとしていたが、張出しに縄を掛けるのさえ手こずっている。

「全員引上げさせて下さい。私一人で充分です」

現八は言った。在村が命じて、従卒たちが動きをとめた。

広庭に床几《しょうぎ》が出されて、足利成氏が坐《すわ》り、重臣共々成行を見守っている。

現八は、屋根によじ登り、一番下の大屋根の庇《ひさし》に捕縄を絡みつかせ、一本の縄にすがってするするとよじ登っていった。

古河に並ぶものなきといわれた捕物の名手だけあると、広庭に陣取った成氏以下は、改めて現八の腕に感嘆した。

言いようがなく、曲者があっという間に三層の大屋根まで逃げ去ったのを見ているのに、これはいい勝負になると固唾《かたず》をのんで見守ったのだ。

現八は、二層の大屋根に立って上を見上げた。大屋根の庇が見えるだけで、曲者がどこにいるのか分からない。

現八は、大声で叫んだ。

「われは、犬飼現八信道《のぶみち》と申すもの。山城流組手の使い手なり。一騎打を所望する。尋常に勝負いたせ‼」

現八の策略だった。

もう一段上の大屋根に登らなくてはならないのだが、敵がどこにいるか分からない。縄を伝ってやっとのことでよじ登ったところに敵が身を潜《ひそ》めていたら、ひとたまりもなく首を刎《は》ねられてしまう。大屋根によじ登るためには両手を使わなければならず、無防備になってしまうのだ。

現八は、曲者を相当に腕の立つ奴と見ていた。腕の立つ人間というものは、それなりの誇りを持っている。一騎打を呼びかけられて無視すれば、誇りに傷がつく。

現八はそれに賭《か》けていた。

「よし、上って来い‼」

上から声がした。現八はニタリと笑った。思う壺《つぼ》だ。大屋根の庇に縄をかけて、するするとよじ登っていく。

広庭には、大勢の人間がいたが、咳《しわぶき》ひとつする者はなかった。

現八が三層の大屋根に上った。初めて曲者の顔を見る。

この大屋根に身も軽くよじ登ったのなら、まちがいなく透破だろうと思っていた。一騎打に返事なんかするところを見ると、大した透破ではない。練達した透破なら、そんな呼びかけに答えてはこない。本物の透破は、自分の誇りなんか、とうの昔に捨て去っているものなのだ。

大屋根の上にいたのは透破ではなかった。凜々《りり》しい顔をした若侍だった。

「私の名は犬塚信乃」

そう名乗った。

「まちがいがあってこんなところに逃げたが、決して怪しいものではない。知らぬまに、刀がすり替えられたのだ。私自身も知らなかったのだと説明したが、どうしても聞き入れてもらえず、仕方なくこんなところまで逃げた。私は決して上杉憲忠の間者なんかではない」

「間違いなら、神妙に縄を頂戴《ちょうだい》して、改めて申し開きをしろ」

捕えられてしまえば、申し開きなどしても無駄であることは、現八が一番よく分かっている。

現八は捕手に戻っていた。この曲者の腕を知り、それに勝つこと以外のことは、心になくなっていた。

風が強い。はるか下では、渡良瀬川の激流が渦まいている。大屋根の上から激流に向って飛ぶ手はあったが、この風からすると、流れよりも川岸に叩《たた》きつけられる怖《おそ》れが多い。

信乃が大屋根の上で立往生していたのは、そのためだった。

現八が、風に吹きとばされぬよう足を踏んばって立った。信乃も同じように立つ。

「おぬし、相当に身が軽いな」

信乃が言った。

「おぬしもだ」

現八が言った。

「長年捕手をやっていたが、ここへよじ登ったものは誰《だれ》一人いなかった。おぬしのおかげで、私も初めて芳流閣の大屋根に登ったのだ」

現八がニタリと笑った。次の瞬間、現八は、手に十手をひらめかして飛んでいた。

「御諚《ごじょう》なるぞ！」

信乃が、素早く腰を落して刀を抜いた。白刃が鋭い音をたてて風を切る。

「なかなかの遣い手だな」

現八は飛び降りながら思った。どの程度剣が使えるのか、飛んで試して見たのだ。

現八も刀を抜いた。十手だけで敵《かな》う相手ではない。

生け捕りにするのが捕手としては最上なのだが、それは無理だと現八は思った。生き死にかかわらず死罪は免ずるとの保証は、取ってきている。

現八が、じりっと上手に登った。上手から飛んで、一気に勝負を決めるつもりだった。

信乃は覚《さと》った。下のものが不利であることを。

信乃も屋根を駈《か》け登った。

現八も走る。

一歩早く大屋根の頂きに達した現八が、信乃を見下して刀をかまえた。

走ってきた信乃が、一瞬怯《ひる》む。

現八が飛んだ。信乃の頭めがけて、刀を真一文字に叩きつける。鋭い音がして、火花が散った。信乃が、頭上で受け止めたのだ。

現八が、力まかせに刀を押す。受けとめている信乃の足が、じりじりと滑っていく。

現八は押した。不意に信乃が刀を引く。予期していたことだったので、現八は刀を上向きに跳ね上げた。

現八の刀が、信乃の体をかすめる。信乃が刀を横なぎに払った。風を切る音が鋭く、現八の被籠《きこみ》の鎖が切れた。

今度は、上から振り下して来る。現八の肱盾《こて》の端が斬《き》り裂かれていた。

予想以上の敵だった。現八は冷静さを失ってはいなかった。慎重に相手の力をおし量っている。

現八が飛ぶ。横なぎに信乃の足許を払った。信乃の着物の裾《すそ》が切り裂かれる。体がゆらいだ。信乃が刀を振り下す。その刀を、現八の十手ががっしりと受けとめる。左手の刀で、信乃の体を突き刺した。切先を危うくよけると、信乃が、現八の手首を摑《つか》んだ。

現八が、十手を力まかせにひねる。十手が現八の手から落ちたが、同時に信乃の刀も手から離れた。

現八は、信乃に手首を摑まれている左手の刀も放り出すと、信乃の体に組みついていった。すべて、現八の計略通りだった。組討ちになれば、現八の独壇場だ。生け捕りにするのも容易《たやす》い。

現八は、大屋根に信乃の体を押さえつけた。捕縄を出して手を縛り上げようとする。組手にかけては、相手がはるかに達人であることを、信乃は覚らされた。覚悟を決めた。捕縄から逃れるすべはひとつしかない。

信乃は、現八の体に脚を絡《から》みつかせると、体を大きく横に倒した。

体が転がる。信乃と現八が取組み合ったまま、大屋根のそりを転がっていった。

「危い!!」

声もなく見守っていた広庭の人間たちから大声が上った。

「このまま転がったのでは、土手に叩きつけられる!!」

現八が、信乃の耳許で叫んだ。

二人の体はもう止まらなかった。勢を増した二つの体が、大屋根から飛ぶ。その瞬間、信乃の足が力一杯、屋根の廂を蹴《け》っていた。現八の足も廂を蹴っていた。二つの体が、屋根から離れ落ちる。

渡良瀬川の激流のなか、二人は、水しぶきを上げて落ちていった。

第六章　両性具有

1

いつの世でも、見世物《みせもの》小屋というものは暗い魅惑に満ちている。人は、そこで見てはならないものを見る。眼《め》に触れずにすむ人間世界の暗い澱《よど》みが、深い淵《ふち》となって待ち受けている気がする。ただ、ほんの一瞬なら、その淵を覗《のぞ》き込んでみたい気もする。人々は、見世物の多くが仕掛けられた覗きからくりであることを知りつつ、おどろおどろしい期待を持って小屋の入口をくぐるのだ。

豊橋《とよはし》に小屋をかまえた源太夫《げんだゆう》一座は、今日も混み合っていた。人は胸をドキドキさせながら、怖いもの見たさで小屋に入っていく。源太夫の小屋には、人々の暗い好奇心を満足させるものが揃《そろ》っていた。

するすると首の伸びるろくろっ首の娘には仕掛けがあったが、身長わずか一尺二寸の一寸法師、互いに背中のくっついた双子娘、男を相手にしているように蛇と戯れて見せる美《び》貌《ぼう》の蛇娘、全身が毛に被《おお》われた熊女《くまおんな》、福助、鬼娘、すべて源太夫が全国各地を歩き廻《まわ》って買い求めたものだった。

それだけなら他の見世物小屋でも見られる。源太夫一座が人気があったのは、一座にしかない特別の見世物があったからだ。

小屋の一番奥に、幕を降した特別の部屋があった。

部屋の入口には男がもう一人立っていて、表の呼び込み同様に面白おかしく囃《はや》したて、もう一度木戸銭を取り立てる仕組みになっていた。

一度銭を払ったのにと、見物客たちは腹立たしい思いにさせられたのだが、そのまま出ていっても一向にかまわないのだと言われると、見なくてはならないような気にさせられる。

客達は文句を言いながらも、特別の木戸銭を払って、奥の部屋の幕をくぐった。

「一体何を見せられるのだろう。特別の木戸銭を払って見るのだから、これまでのよりも強烈な見世物であることは間違いないだろう」

期待と不安で待ち受けていると、座長の源太夫と共に出て来たのは、菱形《ひしがた》模様の小袖《こそで》のよく似合う悲しい眼をした美少女だった。

見物客の中に溜息《ためいき》が走った。落胆したのだ。特別な木戸銭を払ったのだから、どんなに怖《おそ》ろしいものを見せられるかと思っていたら、ただの小娘ではないか。

きりっとした顔だちは、眼を見張るほど美しいとは言え、たとえ裸踊りを見せてくれよ

「ここに立ちましたるこの美少女《べっぴん》、ただの美形ではないかと皆さまがっかりしておられる……ほらほら、こちらを向いたお前さんの顔にそう書いてある、先程払った木戸銭を返してくれと書いてある」

図星だったので、見物客はどっと笑った。源太夫は心得たもので、客をじらすように喋《しゃべ》り続ける。

「木戸銭が惜しいと思われた方は、今すぐここから出ていかれてもよろしい。さきほどの男がすぐに木戸銭を払いもどす……しかしだ」

源太夫は、ここで一息入れた。

「この源太夫、何もないのにただ銭を取るような浅ましい真似《まね》はしない。この源太夫が特別の金を取るのは、それだけのものがここにあるからだ」

客達は、源太夫の話術に引きこまれてしまっている。

「ここにいるこの美形、なかなか美しい顔をしておるであろう。体もすらりと伸びておる。小袖がよく似合う。ただ、ただじゃ、こんな着物を着せておるから、皆様、この美形を女と思っておるだろうが、実はこの美形は女ではない」

客席が少し騒《ざわ》めいた。源太夫がすかさず続ける。

「では、男か。男に女の着物を着せているだけのことか。それで見世物とは何事だ。そう思われるかも知れぬが、源太夫の見世物はそんなものではない。この美形は女ではない。

しかし、男でもない。そして同時に男でもあり女でもあるのだ」

客達は訳が分からず、源太夫をただ見ていた。

「何の因果か、このべっぴんさん、生まれた時より、男でもなく女でもなく、男でもあり女でもあるという不思議な生きものなのだ。世にも珍しきこの男女《おとこおんな》を、これから特別に皆さまにお見せしようというしだいだ」

客達はしんとなっていた。

源太夫が、傍《そば》に立っている美少女の肢《あし》を大きくひろげさせた。

「そこにもある、ここにもあるという見世物とは違う。こういう生きものは一生に一度しか見られないんだよ。冥土の土産《みやげ》だ、しっかり見て行きなせえ‼」

源太夫が、美少女の着物の裾《すそ》を大きくまくり上げた。

その股間《こかん》に、人々の顔が殺到した。

今の小屋でいう「特出し」なるものと形の上では似ているが、見物客がそこで見たものは並のものではなかった。源太夫の言葉通り、男でもなく女でもなく、男でもあり女でもあるものを、客達はそこに見たのだ。

着物の裾をまくり上げられて、秘部を人々の前にさらしたその美しい人間は、哀《かな》し気な眼をしっかりと閉じて、客たちの好奇な眼に耐えていた。

その美少女（美青年というべきか）の名は、犬坂毛野《いぬさかけの》といった。

2

毛野が源太夫一座に売られたのは、六歳の時だった。

「お前のような化物は俺《おれ》の子供ではない」

父がよくそう言っていたのを、毛野は子供心に憶《おぼ》えている。

見世物小屋に叩《たた》き売るような親だから、本当の親ではなかったのかも知れない。見世物小屋には、本当の親に売られてきた人間たちも数多くいたから、本当の親であったのかも知れない。

今となっては、どっちでもいいことだった。

毛野は、源太夫に、輪鼓《りゅうご》、品玉《しなだま》、刀玉《かたなだま》、八玉《やつだま》、綱渡《つなわたり》等を教えられ、幼い頃《ころ》はその芸を見世物としていた。

見惚《みと》れるような可愛《かわい》い顔とあいまって、それはそれで評判を呼んでいたのだが、毛野が美しく成長すると、源太夫は待っていたように、毛野の持って生まれたものを見世物にするよう命じたのだ。

死ぬほど恥ずかしいことだったが、見世物小屋に売られた以上、どう扱われようと文句の言える立場ではない。様々な芸を教えた恩を忘れたのかと言われると、源太夫に従う他はなかった。

それからずっと、毛野の恥ずかしい舞台は続き、源太夫一座の呼びものとなっていた。

毛野にとって、小屋の舞台よりもさらに屈辱的なことがあった。毛野だけではなく、見世物小屋の他の芸人たちにとっても同じだった。

源太夫は、各地を廻《まわ》る折に、その土地の権力者から申し入れがあると、それ相応の金を取って、芸人たちを一夜の座興にさし出したのだ。

どこの土地でも、尋常な遊びに飽きてしまった人間はいる。それが土地で力を持つ人間であったりすると始末が悪い。源太夫一座だけではなく、遊芸を職とする者は、無理難題に泣かされることが多かった。

源太夫も何度か無理を押しつけられると、すぐに割り切って、自分の方から小屋の芸人たちをさし出すことにした。もちろん、それ相応の金がかかることは申し入れておく。源太夫は、そちらでも収入を得ていたのだ。

毛野も、何度か屈辱的な場へ行かされたことがある。

見世物小屋では、客の好奇な眼に体を晒《さら》すだけでよかったが、そこでは、客は遠慮なく毛野の体に触れて来る。双子娘もそんな場から帰って来るたびに、小屋の隅で泣いていた。二人が何をされたか小屋のものには分かっているだけに、そっとしておく以外慰めようがなかった。

今日も毛野は、小屋の仕事が終った後で、近くの宿で待っている男の許《もと》に行くよう源太夫に命じられていた。

背中の合わさった双子娘が、同情するような眼で毛野を見た。

「これが持って生まれた私の運命なのだ」

毛野は思った。哀しい運命に逆って生きていく気力など、毛野はとっくに失っていた。

3

宿で待っていた男は、毛野が思っていたよりずっと若かった。

見世物小屋の芸人と戯れ合おうなどと考える人間は、遊び尽した老年の男か、変った遊びを追い求める働き盛りの男しかいなかったのだ。

「よく来たな」

若い男は言った。

毛野は、男の顔に思わず視線をとめた。毛野自身も人の眼を奪う美少女だったが、若い男は、毛野でさえはっとしたほどの美少年だったのだ。

料理を運んで来た宿の女中も、思わず二人を見比べて、

「お似合いだねえ……」

と、感嘆したように言って、その後で、何人かの女中がこっそり覗きに来る始末だった。

「白井《しらい》妖之《ようの》介《すけ》……」

若い男は名乗った。

この男がなぜ自分を呼んだのだろうと、思った。見世物小屋の芸人を呼ぶからには、大枚の金を使ったに決っている。しかし、この美少年が、今までの男たちと同じように、自分の体に卑しい欲望と好奇心を抱いているとは、とても思えなかった。

「飲むか……」

妖之介が酒を差出した。

「少しだけ……」

毛野は受けた。この美少年に、親し気なものを感じ始めていた。

「どこかで私と似ている……」

そう思った。

「きれいだな、お前は……」

妖之介は言った。

「あなたも……」

毛野も言った。

「私たちは、似合いの人間かも知れんな」

妖之介が笑う。毛野も一緒になって笑おうとした。しかし、その時、毛野は背筋の冷えるものを感じた。顔は笑っていたが、眼は笑っていなかった。その眼が、冷たい光を帯びて毛野を見つめていた。

するりと毛野の胸に這《は》い込んできた。

指が、毛野の胸のふくらみにからみついてくる。その腕も手も指も、体温を持たないように冷たかった。

「ここは女なのだな」

妖之介が、毛野の胸を弄《もてあそ》びながら耳許で言う。息が妙に生臭く、けものの匂《にお》いがした。

「いやだ！　この男はいやだ！　この男に弄ばれるのは、死んでもいやだ‼」

体にからみつく妖之介の腕を力一杯に撥《は》ねのけて、毛野は隅に逃げた。

妖之介が床をすべるように動いた。部屋の戸口にするりと立つ。

窓は雨戸で塞《ふさ》がれていた。蠟燭《ろうそく》の炎がゆらりと揺れる。

冷たく光る妖之介の眼が、毛野を見つめていた。

「人間の眼じゃない。獣《けだもの》の眼だ」

獲物《えもの》を射すくませて金縛りにしようとする、蛇の眼に似ていた。

「どんなことをしてでもこの部屋から逃げよう。あの男から逃げよう」

毛野は決意した。

出口を塞いで、妖之介は悠然と立っている。助けを呼んだところで、誰《だれ》も来ないのは分かっていた。見世物小屋から来た女が、どう泣き叫ぼうと放《ほう》っておかれることは、これまでの経験で分かっていた。

自分の力で逃げなくてはならない。

幼い頃から、軽業で鍛えられた。体は軽かった。

毛野は、部屋の大きさを推し計った。そして、右の隅に思い切り飛んだ。

妖之介が逃がすまいと追ってくる。それが毛野の思うつぼだった。

自分を捕えようとする妖之介の手を一瞬ですりぬけて、大きく跳ぶと部屋の襖《ふすま》に体を叩《たた》きつけた。

「逃げられた！」

そう思った。

次の一瞬、おおい被《かぶ》さるように飛びついてきた妖之介と共に、部屋の床に叩きつけられていた。

信じられなかった。

妖之介は部屋の隅から、驚くべき素早さと跳躍力で飛びかかってきたのだ。体をまっすぐに伸して、宙を飛んだ。

妖之介の腕が、毛野の体にからみついてきた。ぴくりとも動かせないほど締めつけてくる。

「ふふふ……」

妖之介が、毛野の耳許で笑った。生臭い息が、毛野の耳たぶに吹きかかる。

毛野は全身に力を入れた、身動き出来ない
「私は、お前に会いたかったのだよ」

妖之介が耳許で笑った。

「お前とこうやって戯れてみたかったのだよ」

妖之介の腕が、毛野の体を締めつけてくる。

「いやだ、私はいやだ！」

叫び声を上げようとした毛野の首に、妖之介の腕が動いてきた。腕が少しずつ締まってくる。声を上げることも出来なかった。

妖之介は腕をゆるめようとはしなかった。毛野の顔を覗き込みながら、じわりと毛野の首を締めていった。

毛野が意識を失った。その体に両手をからみつかせたまま、妖之介は毛野を隣の部屋へ運んで行った。

「まるで蛇が獲物を運んでいくようだ……」

朦朧《もうろう》とした意識のなかで、毛野は運ばれていく自分をそんな風に感じていた。

4

気がつくと、毛野は全裸に剝《む》かれていた。全裸の妖之介が、毛野の体にからみついている。

意識の戻った毛野が見たのは、蛇が鎌首《かまくび》をもたげるように自分を見下している、妖之介の顔であった。

「いやッ‼」

反射的に突き飛ばそうとした。

妖之介にからみつかれた体には、力が入らない。妖之介の顔が、ゆっくりと近づいて来る。毛野は顔をそむけた。

「いやよォッ‼」

毛野は叫んだ。

妖之介がその耳を噛《か》む。歯が鋭くとがっていた。

「私はお前と同じ種類の人間なのだよ」

妖之介が耳許で囁《ささや》いた。

「男でもあり女でもあり、男でもなく女でもない」

毛野はがく然として妖之介を見た。さきほど感じた親しみは、そのためだったのか。

妖之介が毛野を見つめていた。その眼が冷たい。眼と同じように、毛野の体にからみついている妖之介の体もひんやりと冷たかった。

「私は、お前なんかと同じじゃない！」

毛野は叫んだ。さきほど感じた親しみなど、すっ飛んでしまっている。

この男に弄ばれるぐらいなら、土地の陣代や領主に弄ばれる方がましだ。彼等が毛野のの温もりがあった。どんなに変態的な行為を要求されようとしょせん人間のすることだった。

この男にはそれがない。体が冷たいように、心も冷たかった。人間としての温もりが、どこにもなかった。

「この男は私に欲望を抱いているのではない。私を弄び、私に屈辱的な思いをさせるためだけに、私に会いにきたのだ。ただ、それだけのために」

毛野は、満身の力をこめて妖之介を押しのけようとした。妖之介の体はぴくりとも動かなかった。

「蛇には、雌雄《しゆう》の区別がないのだよ」

妖之介の顔が、毛野を見下している。

「しかし、蛇の交りは激しく長い。時によっては半日もの間、お互いが疲れはてるまで交っている。そのどちらもが、雄《おす》であり、そして雌《めす》でもある……」

妖之介が、笑いながら毛野を見た。

「分かるか。お前の体の中には私が入っている。私の体の中にはお前が入っている」

妖之介の冷やかな体にがんじがらめにされて、そのおぞましさに気を取られてしまっていたが、毛野の体の中に細く長く冷やかなものが入ってきていた。細く冷やかなものが、毛野の温もりのなかで自在に蠢《うごめ》いている。

そして、毛野のものも、いつの間にか妖之介の体の中に入り込んでいた。

「お前と私は、お互いにつながり合っているのだよ。普通の男と女のように一方的な交りではない。もっと深く、もっと激しくつながり合っているのだ」

「いやだ！」

毛野は叫んだ。

「この男と、こんな風につながり合うのはいやだ‼」

妖之介の舌が、毛野の唇を割って入ってきた。細く鋭く冷やかな舌が、毛野の口腔《こうこう》の中をぬるりと蠢く。反射的にその舌を噛《か》み切ろうとした。それより早く妖之介の舌は逃げ出していた。

細い舌が、毛野の唇と歯の間にぬめっと差込まれてくる。毛野の歯ぐきを愚弄《ぐろう》するように撫《な》でまわした。

「舌を噛んで死のう」

こんな男に、こんな目にあわされるくらいなら、死んだ方がましだ。

毛野は歯で自分の舌をはさみ、全身の力を込めて噛み切ろうとした。

その時、妖之介の舌が、毛野の口いっぱいに入ってきた。

毛野の舌にからみつく。毛野の口腔をいっぱいに押し上げ、歯を噛み下すことが出来なくなった。

妖之介の全身が、ゆっくりと動き始めた。

「いやだ、いやだ、いやだ‼」

毛野は叫んで声を上げた。その声は喘ぎ声となって口腔に満ちただけだった

「うーッ、うーッ、うーッ……」

人が聞けば、悦楽の喘ぎ声としか思わなかっただろう。

妖之介の体が大きく動いた。毛野の体の中のものが動く。妖之介のなかの毛野のものも動く。

「いやだ、いやだ、いやだ‼」

妖之介に体を揺すられながら、毛野はひたすら叫んでいた。

毛野の全身に、妖之介の体がからみついていた。妖之介が動くと、毛野も同じように動く。全身をがんじがらめにされたままで、毛野は妖之介に揺られていた。

妖之介が不意に体を転がした。

毛野は妖之介の上になった。からみついた妖之介の体は離れず、毛野は身動き出来ないまま、下の妖之介のなすがままに動いた。

妖之介の体は、驚くほどのしなやかさで動いた。毛野の体も同じように柔らかく動いた。自分の体の柔らかさが、毛野は怨《うら》めしかった。

「やめて！　やめて！　やめて！」

舌を妖之介にからみつかれたまま、毛野は叫んでいた。

「きれいな男子《おとこ》と女子《おなご》じゃったのに、激しいのう」

階下に洩《も》れてくる毛野の喘ぎ声に、宿の女中たちが笑った。

毛野の叫び声は夜が更けても続き、女中たちもあきれはてて眠ってしまった。女中たちが眠ってからも、毛野の叫び声はいつまでも続いていた。毛野は、妖之介に体を揺すられていた。

いつまでも、いつまでも。

どれほどの時間がたったのか、毛野には分からなかった。

舌にからみついていた妖之介の舌が外されていたのに、毛野は気づかなかった。自分の体がどんな風になっているのかを知る気力さえ、毛野は失っていった。ただひたすら、妖之介に揺られていた。妖之介の体のうねりに従って、毛野もうねっていた。大きなうねりや小さなうねりが、絶間なく毛野の体を襲って来た。いつまでも、いつまでも、いつまでも……

「いやよォ……いやよォ……いやよォ……」

毛野は、泣きながら叫んでいた。そして、何をしているのか、どんな風になっているのか、自分でも分からないほど疲れ果てていった。

5

朝になっていた。

雨戸から洩れてくる強い光で、毛野は眼ざめた。ここが何処《どこ》なのか、自分に何が起ったのか、意識がもどるまでに時間がかかった。

疲れ果てていた。身も心も

部屋の中に生臭い匂いが漂っている。その匂いが、昨夜のすべてを毛野に思い起させた。

妖之介はいなかった。

はね起きて雨戸を開けた。爽《さわ》やかな朝の空気が入ってくる。

冷気に触れて、自分が全裸であることに気づいて、慌てて着物を着た。体が自分のものでなくなったような気がする。

「お連れさんはお帰りなすったよ。朝飯、食べて行くかね」

階下から顔を出した女中がニヤニヤしながら言った。

「いりません！」

毛野は飛び出すように宿を出た。

宿の女中が、四、五人、同じような笑いで毛野を見送った。

走ろうとしたが、体に力が残っていなかった。体をひきずるようにして、毛野は朝倉川《あさくらがわ》まで歩いた。

澄んだ水が、ゆったりと流れている。深いが、底まで見透せる汚れのない清流だった。

吉田橋《よしだばし》の上に立って、毛野はしばらく水底《みなそこ》を眺めていた。何をする気力も残っていなかった。

「死のう」

そう思った。わずかに残っていた生きる気力も、人としての誇りも、あの男に奪い取られてしまった。

妖之介は、毛野を汚辱の底に落し込んでいった。身も心も塵芥《ちりあくた》のようにしていった。それが、あの男の初めからの目的だったのだ。

毛野は、着物の袖《そで》を裂いて足を縛った。橋の上にはまだ人通りはない。足を結えて川に飛び込めば死ねる。

足許を結わえていた手が、固いものに当った。

着物の裾に縫い込んであったお守袋だった。物心ついた時から、肌身はなさず持っていたお守りだった。

源太夫一座に売られていく時も、毛野はお守袋を着物の裾に縫い込んで隠していた。幼な心にも、そのお守袋が大事なものだという事が分かっていたのだ。着物を変えるたびに裾に縫い込んで、肌身はなさず持っていた。

毛野は、着物の裾からお守袋を取り出した。

中を探ると、小さい水晶のような玉が出て来た。

朝倉川の流れのように澄んだ玉をじっと見ていると、玉の中に「智」という文字が浮き上ってきた。

今までにも何度か出して見たことがあるので、その文字のことは知っていた。屈辱的な仕事のあとで、毛野は必ずその玉を出して見ていたのだ。

この不思議な玉に、毛野は何度慰められたか分からない。

しかし、今の毛野には、その文字はひどく皮肉に見えた。こんなものを大事に守り持っていたことが馬鹿な事に思える。

妖之介の人間と思えぬ冷やかな体に身も心も翻弄され、体の隅々まで恥辱の烙印《らくいん》を押されてしまった今の毛野には、「智」の文字が自分を嘲笑《あざわら》っているとしか思えなかった。

毛野の人生は、「智」とはおよそ無関係でしかなかったのだ。

毛野は、その玉を朝倉川に叩き込もうとした。振り上げた手の中で、その小さい玉が朝日を受けて光った。

「待ってくれ！」

息せききった声が聞えた。橋の上を、一人の男が走ってくる。

「待ってくれ‼」

男は叫んだ。

「何の用です？」

死のうと思っていた気持に水をさされて、毛野が不機嫌に言った。

「手の中の玉を見せてくれんか」

男は息をはずませて言った。

「欲しいのなら上げるよ」

毛野は男の前に玉を転がした。

男が、慌てて拾い上げた。じっと見つめている。

毛野は、男をそのままにして橋を渡った。邪魔が入ったからには死に場所を変えなくてはならない。

「待ってくれ」

男がまた追いかけて来た。

毛野の前にまわると、

「これを見てくれ」

と、手をひろげた。両手に、ふたつの玉が転がっている。ひとつは、毛野の放り出した玉だった。もうひとつも同じような玉だ。玉のなかに「忠」の文字が浮んでいる。

毛野は驚いて男の顔を見た。

「私は犬山道節と申すものだ。私と同じような玉を持っている人間がこの世にいると思い、各地を探し歩いていた。玉についての伝説や噂《うわさ》のあるところへはどこへでも行った。どこにも見つからなかった。この世に同じような玉があるというのは、私の思い違いかも知れない、そう思い始めていたところだったのだ。それがこんなところで見つかるなんて……」

道節の眼に涙があふれていた。

そう言って、毛野は行こうとした。

「この玉を、物心ついた時から肌身離さず持っていたであろう？」

立ち塞《ふさ》がるようにして、道節が言った。

「それがどうしたっていうの？」

「私も、そうなのだ」

「…………」

「こんなことを聞いては悪いが、おぬし、ひょっとして哀しい運命に泣かされてはいまいか？　自分の運命が何者かに呪《のろ》われていると思ってはいまいか？」

「…………」

毛野は、改めて道節の顔を見た。

「私の話を聞いてくれ」

道節は真剣な表情で言った。

朝倉川の河原まで降りていって、道節は、自分の身に起ったことを包み隠さず毛野に話した。

たった一人の息子の首を刎《は》ねたことも。妻の珠名が突如として淫《みだ》らな女となり、自分の門下である若侍に斬《き》り殺されたことも。すべて、祭りの日、血塗られたような赤い月を見た時から始まったことも。

「そう言えば……」

毛野が思わず言った。

「あの日も、そんな月が出ていた……」

毛野が見世物小屋に売られて家を出た日、源太夫に手をひかれて畦道《あぜみち》を歩いて行くと、田んぼの向うの松林の上に、気味の悪い赤い月が出ていた。その月は、売られて行く自分の姿をじっと見つめているようだと、毛野はその時に思ったのだ。

毛野も、道節に自分のことを話した。今朝方に自分の身に起ったことまで、正直に話した。

道節は黙って聞いていた。毛野の話は、道節の運命とは違った意味で、もっと哀しく恥辱にまみれていたのだ。

「私も何度死のうと思ったか分らない。早く孝信のところへ行きたい。命なんかいらぬ、すぐそう思ってしまう。そんな自分を鞭《むち》打つようにしてここまで生きてきたのは、自分と同じような人間がこの世にいるはずだと信じたからだ。玉は八つ、我々以外にも六人の人間がいる。我々と同じような悲しい運命の下で生きている人間が、あと六人いるはずなのだ。会ってみたいと思わないか、毛野どの、その人間たちに」

道節は、しぼり出すような声で言った。

れぬ。会ってみよう、毛野どの。会って、もし出来ることなら、一緒になって我々の運命を呪っているものと闘おうではないか。そう思って、私はひたすら諸国各地を歩いて来たのだ。一緒に行こう、毛野どの。一緒に歩いて、我々と同じ運命の下にいる人間を探そう。私はこうやって毛野どのに会えたのだ。他の人間にもきっと会える。いつかきっと会える‼」

道節は、毛野の手をしっかりと握りしめた。

第七章　呪いの炎

1

「ここは、何処《どこ》です?!」

信乃は言った。

狭い部屋だった。土壁がはげかかっているが、部屋はすっきりと片づいている。信乃の寝ている寝具も清潔だった。土間に魚具や器具が置いてあるところを見ると、納屋であろうか。

「気がつかれたか?」

体の大きな男が、信乃の顔を覗《のぞ》き込んでいた。

「気がついたか?!」

同じように言って、大男の後から顔を出した男がいた。芳流閣の大屋根に、自分を捕えに上ってきた犬飼現八という男だった。

「捕えられたのか!」

「この男が、我々を利根川から助け上げてくれたのだ。我々は、流木につかまり、お互いの体をしっかりとつかみ合ったまま、利根川を流れていたのだと言う」

現八が、信乃を安心させるように言った。

「もう少し遅ければ、体が冷え、命はなかったと思います」

大男の言葉遣いは丁寧だ。

「ここは、何処です」

「下総《しもうさ》国・行徳《ぎょうとく》……私はこの土地の漁師です」

「この男に助けられたのも、何かの因縁《いんねん》なのだ」

「因縁?!」

「おぬし、名は何と言う」

「…………」

事情がよく呑《の》み込めないで、信乃はためらった。

「名前を聞かせて下さい」

丁重な大男の言葉遣いに、信乃は答える気になった。

「犬塚信乃と申す」

「犬塚……やはり?!」

現八が大男と顔を見合せた。信乃の顔を見て真剣な表情で言う。

「私の名は犬飼現八……この男の名は犬田小文吾《いぬたこぶんご》」

大男がうなずいた。

「犬飼……犬田……?!」

信乃も思わず言って、二人の顔を見た。

「おぬし、こんな玉を持っていないか」

現八が、小さな水晶のような玉を大事そうに掌《てのひら》に転がした。

「………?!」

信乃は思わず玉を見た。生まれた時から、肌身はなさず持っていた玉と同じものだったのだ。

玉のなかに「信」という文字が浮び上って見えた。

「私も……」

小文吾といった体の大きな男が、同じような玉を取り出して見せた。

その玉には、「悌《てい》」という文字が浮び上って見えた。

「おぬしも、こんな玉を、生まれた時から肌身はなさず持ってはいまいか?」

「持っている……」

現八と小文吾がまた顔を見合せた。

「見せてもらえるか?!」

「私は国を出る時に、許嫁にそれを渡して来たのだ。私のかわりに身を守るのだからと養母《はは》にいわれて置いてきたのだ」

信乃は、急に不吉なものを感じ始めた。

「おぬしたちも、その玉を生まれた時から持っているのか？」

「そうだ。物心ついた時から肌身離さずに」

「一体、この玉は何なのだ？」

「それは、孝吉爺《たかよしじい》が我々に話してくれるそうだ」

「孝吉爺⁉　それは誰《だれ》だ⁉」

「起き上れるのならば、会いに行こう」

信乃は、現八や小文吾と一緒に部屋を出た。寝かされていた家屋は、納屋を寝泊り出来るように改造したものらしかった。

表には、日々の暮しを支えるだけの小さな畑があり、納屋と大きさの変らぬ母屋《おもや》が、畑をはさんで建っていた。

小文吾と現八はその中に入っていく。

二間に土間のついた、小さな家であった。囲炉裏《いろり》の切ってある部屋の隣りに、莫蓙《ござ》を敷いた部屋があり、老人が臥《ふせ》っていた。

「孝吉爺……」

小文吾たちが入って行くと、老人は慌てて起き上った。

小文吾が体を支えて起してやる。老人は体の具合が悪いらしく、見た眼にも痛々しいほど痩《や》せ衰えていた。

「犬塚信乃どのです」

小文吾に言われると、老人はまじまじと信乃を見た。その眼にみるみる涙が浮んでくる。

老人は現八の顔も見つめた。涙が頰《ほお》を伝って流れる。

「小文吾……待っていてよかった。待っていてよかった……」

老人の言葉には、心の底から滲《にじ》み出てくるような真実味があった。

「はい」

小文吾も、老人の顔を見つめて答えた。

「私たちを待っていたのですか?」

信乃が思わず聞いた。

「そうじゃ」

信乃は、驚いて現八の顔を見た。

「私が、信乃どのを捕えるべく芳流閣の大屋根に上っていったのも、何かの因縁らしい」

「因縁?」

「そうじゃ。まさにそうじゃ」

老人は何度もうなずいた。

たのもまさに前世の因縁……私は、それを信じて、こうやって待っていたのです」

老人の眼から涙がとめどなく流れる。

老人が坐《すわ》り直した。小文吾がその背をやさしく支えてやる。

「私の名は、金碗八郎孝吉《かなまりはちろうたかよし》と申します。かつては安房の里見《さとみ》義実《よしざね》公にお仕え申しておりました」

「この玉の因縁をあなたは知っているのですか？」

信乃は待ち切れなくて聞いた。

「はい」

「聞かせて下さい‼」

「その前に、この小文吾と私の出会いについて話させて下され」

「それは私から話します」

老人が話をするのも苦しそうなので、小文吾が横から引き取った。

2

「私はこの土地に住むものではありません。元々は下野《しもつけ》国、鹿沼《かぬま》のもの。私はそこで、自分の愛する弟を父を母を、この手で殺してしまったのです」

小文吾は話しはじめた。

「え⁈」

信乃は思わず小文吾を見た。

「私のこの体には人並み以上の力が満ちているのです。私は幼い時からそれに気づいていました。子供の頃《ころ》、自分では軽く打ったつもりが、相手に大怪我《おおけが》をさせてしまったこともあります。村一番の怪力ということで、村の人々の自慢にもされ怖《おそ》れられもしていました。私には年の離れた弟がいました。私は両親の本当の子供ではないようでした。しかし、両親は、弟とわけへだてなく育ててくれ、私も、弟を本当の兄弟のように、いやそれ以上に可愛《かわい》がっていました。

ある日のことでした。身の軽い弟は、深い淵《ふち》の崖《がけ》の上を飛ぶように歩いていました。危険きわまりなく見えるのですが、幼い時から慣れている弟にとっては、気軽な遊びにすぎなかったのです。もう少しで崖を渡り終ろうとした時、突然強い風が吹いてきたのです。体の軽い弟の体が風に揺らぎました。足を踏みはずしたのです。

『危い‼』

そばにいた私は、手を伸して弟の肩をつかみました。弟が崖の岩にしがみつこうと体を廻《まわ》した瞬間だったので、私は弟の肩ではなく、喉《のど》をつかんでしまったのです。

自分の力は知っておりました。手かげんしてつかんだつもりです。でも、突然の風に慌てたのと肩だと思ったのとで、手に力が入っていました……」

小文吾の言葉が跡切《とぎ》れた。孝吉老人がその後を続ける。

「弟の喉の骨は、小文吾の手の中で砕けてしまったのです」

弟の体を抱いて家へ走ったのです。

『どうした？』

父と母が駈《か》け寄ってきました。

『私が殺してしまった……』

やっとのことでそれだけ言うと、私は泣きくずれました。父も母もしばし呆然《ぼうぜん》としていましたが、母が何か叫ぶと私に打ちかかってきたのです。私は思わず母の体をはねのけました。母はすごい勢で庭の樹《き》に叩《たた》きつけられ、そのまま崩れるように倒れました。

『小文吾……』

父が鍬《くわ》を振り上げて向ってきました。私は近くにあった棒を拾い上げて、父の体をはらいました。

『ぎゃッ‼』

一声出して、父は血を吐いて倒れました。

すべてが一瞬の出来事でした。私は、弟の柔らかな喉をこの手で砕いてしまった時から、自制心を失ってしまっていた。自分の体に潜《ひそ》む怪力のことなど忘れてしまっていたのです。弟を殺してしまった衝撃しか、私の心にはありませんでした。父と母にしても、捨て子の私を本当の子供のように育てたのに、実の子供を殺され、恩を仇《あだ》で返す悪鬼のように私のことを思ったに違いありません。父も母も、私の怪力のことは一瞬忘れ去っていた……私はすぐに死のうと思いました。自分の体に潜む力が憎らしかった。私は、この手で、自分の喉の骨を砕いて死のうとしたのです。その時に、この孝吉爺と会った……」

「そうなのじゃ。私は『死ぬな‼』と怒鳴りつけた。若いものが自分の命を粗末にしてどうなる……しかし、小文吾は喉元から手を離そうとしない。私は刀を抜いて小文吾に斬《き》りつけたのじゃ。その時の傷がまだ小文吾の手には残っている……」

小文吾の手の甲には、大きな傷痕《きずあと》が残っていた。

「小文吾の話を聞いて、死にたくなるのも無理はないと思った。自分の愛するものを、すべておのれの手で殺《あや》めてしまったのだ。しかし、小文吾の話を聞いているうちに、小文吾は、私が生涯をかけて探し求めていた人間だということを知り、『死んではならぬ、この孝吉爺のために生きていてくれ』と、頭を下げて頼んだのじゃ」

「生涯をかけて探し求めていた？」

小文吾は、「悌」の字の浮ぶ、小さな玉を見せた。

「孝吉爺は、この玉を持つものを八人、探し求めて諸国を歩いておられたのです」

「八人?!」

信乃が思わず言った。

「八人もいるのですか。我々と同じような玉を持っているものが……」

「そうじゃ……」

孝吉爺がうなずいた。

「これがその三の日々を語ろう」

金碗八郎孝吉は、里見義実の重臣だった。ある時、義実に従い、神余《かなまる》の山下《やました》城を攻めた。山下城の城主・山下定包《さだかね》は、玉梓《たまずさ》という妖婦《ようふ》にうつつを抜かし、酒池肉林の日々を過していたので、城下は荒れ放題に荒れ、人心は荒《すさ》み、民百姓の苦しみはその極にきていた。

義実は、見かねて山下城に攻め入ったのだ。城には、義実の軍勢を迎え撃とうとするものは少なく、あっけなく義実の手に落ちた。

城が落ちようという時に、敵の軍勢があまりに少ないのを不思議に思いながら、城門をくぐっていった義実と八郎孝吉は、城の大広間に一歩入って声を呑んだ。

大広間には、何百人という男女が倒れていた。全裸のものもあり、半裸のものもあり、衣服を身につけているものもいる。そのすべてが死んでいた。

城が敵に囲まれているというのに、戦いの衣装をつけているものは誰一人としていない。今の今まで酒池肉林の宴《うたげ》が続いていたかのように、おびただしい酒や食糧の残りが散乱していた。

戦う意志を失った人間の覚悟の死だろうか。それとも、誰かが狂宴《きょうえん》のさなかに毒を盛って、全員を死に至らしめたのか。

義実も八郎孝吉も、訳が分からなかった。大広間を埋めつくし、何百という男女が折重って死んでいるのは、異様としか言いようがない。

倒れている男女のすべてが、満足そうな表情を浮べていて、苦悶《くもん》の表情を見せているものはいなかった。顔を見ているかぎり、狂宴の果てに、覚悟の上で死に向っていったとしか思えない。嬉々《きき》として死んでいったとしか思えない。

上段の御簾《みす》の内では、城主・山下定包が倒れていた。何も身につけていない。不様な死に方なのに、定包の顔には満足そうな、微笑《えみ》さえ浮んでいる。

義実たちは茫然と立ちつくした。背筋に、寒いものが走った。これまでに何度も戦いを経験して来た武士たちだ。人の死には慣れている。もっと無残な屍体《したい》を見たことは何度もある。しかし、眼の前で展開されている光景は、これまでのどんな光景とも違っていた。

人は生きるために戦う。そして、戦いに敗れたものが死んでいく。どんな屍《しかばね》でも、最後まで戦おうとしていた、最後まで生きようとしていた。その証《あか》しが残っていれば、どんな無残な死骸《しがい》でも怖れることはない。

「ここには生きようという意志がない」

義実たちはそう思った。初めからなかったような気がした。

ここは、元々、死の世界ではなかったのか。この大広間の人間たちは、生きていた時から死の世界にいたのではないのか。生きようという意志をまるで持っていなかったのではないか。だから、全員、恍惚《こうこつ》として死んでいけたのではないか。

大広間に漂う静寂は、義実たちの心に哀れを感じさせはしなかった。ひとの無常も感じさせなかった。義実や八郎孝吉たちが感じたのは、冷え冷えとして背筋を寒くさせるような恐怖だった。

その時、累々《るいるい》たる死骸のなかから、一人の女が立ち上った。時間が逆転するかのように、女は体に少しも力をかけずゆらりと起き上った。

女は、絢爛《けんらん》たる着物を肩からだらりとかけていた。歩くたびに女の白い体が見え隠れしたが、生気はなかった。

女は、ゆらりゆらりと近づいてくる。土気色の顔が笑っていた。

武士の間には、後ずさりするものさえいた。女の近づいて来る様子は、この世の光景とは思えない。

「玉梓……」

八郎孝吉が言った。

ただ一人生き残っていた女こそ、城主・山下定包をたぶらかし、山下城を荒廃に導いた妖婦・玉梓だったのだ。

玉梓は、ゆらりゆらりと義実に近づいてくる。

「よう来たな、里見義実……」

低い声で言った。

「よう来たな……」

ニタニタ笑いながら、ゆらりゆらりと近づいてくる。

「末代まで祟《たた》るとも知らず、よう来たな……」

ゆらりゆらりと。

ゆらりゆらりと。

義実は立ち竦《すく》んでいた。八郎孝吉や他のものたちも同じだった。玉梓が義実のすぐそばまで来た。

そして、ニタリと笑った。

義実に向ってすーッと手を伸してきた。

「殿‼」

八郎孝吉が叫んだ。

その声に我に返った義実が、刀を抜いて玉梓に斬りつけた。

玉梓は、斬られても表情ひとつ変えなかった。異様な笑みを浮べたままで、一同を見据えるようにして死骸の上に崩れ落ちていった。

武士たちが思わず身を震わせた。

何百という死骸の後始末に困った里見義実は、城に火を放った。もっとも手早い供養に思えたのだ。

大広間に火が廻った時、そこに里見の侍たちがいたら、さらに驚いたに違いない。

炎に包まれた広間のなかで、死骸がひとつ、火の柱となりながらゆらりと起き上ったの炎に包まれた大広間のなかで、何百という死骸が、ゆらりゆらりと火の踊りを踊った。動く様子が、ひどく嬉し気に見えた。

山下城は、七日にわたって燃え続けた。

火はなかなか消えなかった。昼には消えたように見えながら、夜になると、闇《やみ》の空めがけて真紅《まっか》な炎が勢よく立ち昇ったのだ。

普通の火の色ではなかった。闇に立ち昇るその炎は、どこか血の色に似ていた。

血の炎は、いつまでも燃え続けた。

ゆらりゆらりと。

ゆらりゆらりと。

いつまでもいつまでも。

ゆらりゆらりと。

ゆらりゆらりと。

そして最後の夜には、ひときわ高く血に塗れたような炎を暗黒の宙に立ち昇らせると、すっと消えていった。

炎が燃え続けた七日七夜、人々は言い知れぬ恐怖に脅《おび》えた。

「山下城に火を放った義実さまには、きっと祟りがあるぞ」

自分たちの苦しみを救ってもらったくせに、城下の百姓たちは勝手な言葉を交した。

百姓たちの言葉通り、その時から里見家の不幸が始まったのだ。

3

それから数年後、里見義実は、隣国の勝山《かつやま》城城主・安西景連《あんざいかげつら》に突然の奇襲を受けた。

義実は、かつて勝山城下が飢饉《ききん》に陥った時、米俵五百俵を貸し与えて窮地を救ったこともあったのだ。その安西景連が、いくら戦国の世とはいえ、前触れもなく攻め寄せてくるとは。

義実は、慌てて応戦し、どうにか城を落さずに持ちこたえていたが、景連は、かつて義実に飢えを助けてもらった恩も忘れたのか、千田《せんだ》城を取囲み兵糧《ひょうろう》攻めにしてきたのだ。

義実たちは、たちまちにして飢えた。

戦国の世は、油断をした方が負けなのだ。義実が口惜《くや》しい思いで広庭を歩いていると、飼い犬の八房《やつふさ》までが、力のない歩き方で寄って来る。

義実は、その頭を撫《な》で、

「犬は主の恩を忘れぬという。しかし、人間は恩を仇《あだ》で返してくる。八房、お前も恩を知るならば、憎っくき安西景連の首でもとって、私を救ってくれぬか」

通じないと分かっていたが、戯《ざ》れ言を言った。

「もし、お前が功を上げてくれたら、飽きるほど魚肉をやる。魚肉で不足なら領地をやろその時に、八房の四つの足に急に力がこもり、力なく見えた犬が地を踏みしめて立ち、眼光が異様に輝いたのに、義実は気がつかなかった。

八房が、ふっと姿を見せなくなった。

犬一匹にかまっている時ではなく、誰も気づかなかったが、その夜更け、黒い影が城壁から躍り込んできて大騒ぎになった。

黒い影は八房で、口に血のしたたる生首をくわえていたのだ。

驚いた近習が、慌てて義実に報告すると、

「もしや……」

義実の頭に閃《ひらめ》いたことがあった。生首を洗わせて見ると、首は敵将安西景連のものだった。

城内の意気が上った。金碗八郎孝吉がその首を槍《やり》に突きさし、城を取り囲む兵に向って、

「打ちとったり、景連の首‼」

と、声高々に叫ぶと、首のない城主の遺体を見つけて大騒ぎになっていた景連の軍勢は、大混乱に陥り、最後の力をふりしぼって城外に攻め出していった八郎孝吉たちに追い詰められて、逃亡した。

八房は、里見の城の救い主となった。城には犬養《いぬかい》の職が置かれ、小屋も新造され、八房は朝に夕に美食を与えられることになった。

しかし、八房は、新しい小屋に入ろうとはせず、与えられる新鮮な魚肉にも見向きもしなかった。義実の姿を見かけると、駈けよって行って何か催促するように吠《ほ》え立てる。

ある日、八房は、伏姫が読書をしている奥の間にまで駈け上ってきて、姫の裳裾《もすそ》に足をかけ、袂《たもと》に前足を入れて甘えるように鳴き声を上げた。

伏姫は驚いて立ち上ろうとしたが、八房がその大きな体でのしかかるようにするから動くことも出来ない。侍女や女中達が走り寄って、箒《ほうき》などを振って追い出そうとしたが、八房は、伏姫の裳裾を踏みつけたままじっと坐っている。

大騒ぎになって、義実も夫人の五十子《いさらご》と共に駈けつけた。

義実は、伏姫のそばに寄添って坐っている八房の姿を見て、背筋が寒くなるのを感じた。

「こやつ、あの時、娘を嫁にやろうと言った言葉を覚えているのではないだろうか」

しかし、犬に娘をやるといった約束を守る気にはなれず、

「八房、伏姫から離れるのだ。さもないと斬るぞ」

と、刀を抜いて見せた。

八房は平然と伏姫の裳裾の上に坐っている。斬るなら斬ってみろという顔だ。

刀を振り上げた義実の方に、汗が流れた。

「どうしたのですか、殿？」

汗を不審に思った夫人の五十子が聞いた。

「戯れ言《ざごと》じゃ。窮地に追い込まれてほんの戯れ言を言ったまでのことじゃ」

「八房は、それを真にうけて景連の首を取ってきたのですね」

「相手は犬畜生。私の言葉など分かるはずがないではないか」

五十子は、八房の眼をまっすぐに見て言った。

「八房、お前は殿に約束を守ってほしいのですね。もしそうなら姫の裳裾の上から降りなさい」

八房は、踏みつけていた裳裾から降り、伏姫を自由にした。

義実も五十子も、言葉もなく八房を見つめた。

それまで黙っていた伏姫が静かに言った。

「父上。昔から君主の綸言汗《りんげん》の如《ごと》しとか申します。一旦《いったん》君主から出た御言葉は、再びもとに戻すことは出来ません。父上は、景連を滅して士卒の飢えを救えれば、八房に私を授けると言いました。いっときの戯れ言でありましょうとも、君主が一度した約束を違《たが》えることは出来ません」

「伏姫?!」

「お前は一体何を言いたいのです?!」

義実も五十子も同時に言った。

「たとえ畜生でも、私を褒美にすると言われ、そのために功を立てたとすれば、私は八房のものです。只今《ただいま》より、親子の義理もお断ち下さり、私にお暇《いとま》を下さいませ」

「何を言うのだ、伏姫。そんなことをするぐらいなら、私はここで八房を斬る」

義実はもう一度白刃を振り上げた。

「なりませぬ、父上！ 八房はこの城を救ったのです。城主の娘である私がこの身を犠牲にすることは、当然のことではございませぬか」

義実は汗が顔を伝うのもそのまま、呻《うめ》くように言った。

「口は災いの門……我が生涯の不覚だ……」

五十子も泣き出した。

「姫、そなたが、殿の御諚《ごじよう》が表裏なく、賞罰の道が正しかれと己の身を犠牲にしようとするのは、父上に孝であったとしても、この母の嘆きは考えてもくれませぬのか」

伏姫はきっぱりと言い返した。

「親の嘆きを顧みない不孝はお許し下さい。でも、これが運命であるとすれば、私はその運命に潔く従いたいのです。この期に及んで右顧左眄《うこさべん》するのは、武士の恥……」

伏姫の言葉を聞いて、侍女のなかには泣き出すものもいた。

数日して、伏姫は、八房と共に城を出た。見送る家臣のなかに金碗八郎孝吉もいた。

義実は、やがては八郎孝吉に伏姫を嫁してもいいと思っていたのだ。義実の心をそれとはなく知っていた八郎孝吉は、美しい姫が犬畜生に攫《さら》われると知り、思わず逆上して姫と

「ならぬ、八郎」

義実が、きびしい声で八郎を制した。

「伏姫もそれなりの覚悟の上のことじゃ。そっとしておいてやってくれ」

4

「それからも、私は義実殿に仕えておりました。しかし、伏姫を八房に奪われたことがどうにも我慢出来ず、ある日、義実公に暇乞《いとまご》いをし、姫を探す旅に出たのです」

孝吉爺は、信乃たちに話した。

「探すこと一年余り、私は、富山《とみさん》の奥、渓流に沿うた杉林のなかに、ひっそりとした洞《ほら》があるのを見つけたのです。その洞のなかに、褥《しとね》のような莫蓙《ござ》と共に茶碗《ちゃわん》などが置いてあり、人の生活していた跡があるのを見つけました。もしやと思って杉林のなかに潜んで待ちうけていると、伏姫が八房と共に山から降りて来たのです。伏姫は楽し気に八房に語りかけ、本当の夫婦《めおと》のように見えました。相手は犬畜生ではないかと、カッとなって弓に矢をつがえ、八房めがけて放ちました。何ということか、八房を狙《ねら》ったというのに、矢は伏姫の体を射抜いてしまったのです。信じられないことですが、伏姫が、飛んで来る矢の前に飛び出して、八房を救ったのだと思われます。私は驚愕《きょうがく》して立ち上りました。八房が私の方へ向って来ます。その八房に矢を命中させると、私は倒れている伏姫に向って走ったのです」

孝吉爺は苦し気に息をつないだ。

小文吾が薬湯をさし出してやる。

孝吉はその湯を飲み干すと、話を続けた。

「『孝吉か……』

伏姫は私の顔を見ると、やさしくそう言ってくれました。そして、私を許すようにゆっくりとうなずいてくれました。私は、ただひたすら許しを乞い、矢を抜こうとしました。しかし、伏姫はそれを押しとどめ、

『これでいいのです、孝吉……』

と、言ったのです。

『私は八房の子供を妊《はら》んでいます』

驚く私に、

『その子は形をなさずして生まれ、生まれて後に再び形をなすことでしょう』

伏姫は、私には理解出来ない事を言うと、いきなり私の剣を抜いて、自分の胸に突き当てたのです。

『孝吉、ありがとう。お前の心、嬉しく思います』

そう言って、伏姫は崩れるように倒れました。

いつの間にか、姫の足許には、私の矢に射抜かれて息も絶え絶えになった八房がうずくまっていて、伏姫は八房に折重なるようにして息絶えたのです。

てようとしました。腹をひろげ白刃を突き立てようとしたが、手がそれ以上にどうしても動かない。私が必死で刀を突き立てようとしていたその時、伏姫の体から、光のようなものが発しているのに気づいたのです。姫が首から下げていた水晶の数珠が、白光をもって輝いていたのです。

白光はますます強く輝き、伏姫と八房の体を包み込むように広がったかと思うと、姫と八房の体が光に包まれて宙に浮いたのです。茫然として見守る私の眼前で、伏姫と八房の体は空高く飛んで行き、しばらくは燦然《さんぜん》と輝いていたのですが、ひときわまばゆく輝いたかと思うと、八つの光の玉となって八方に飛び散りました」

「八つの光の玉?!」

「そうです。その後には、伏姫の姿も八房の姿も残っておりませんでした。私は、その時に空から伏姫の声を聞いたのです。

『死なないでおくれ、金碗八郎。生きて、生まれかわる私の子を見守ってやっておくれ。八つの光の子供は、必ずや里見の人間を守り助けてくれるはずです』」

「この玉は、その時の……」

「そうです。八方に飛び散った玉じゃ。私は、光り輝いた水晶の数珠のなかで、八つの玉にだけに文字が浮んでいるのをはっきりと見たのです」

「ひとつは『孝』」

「ひとつは『信』」

「ひとつは『悌』」

「そして、仁、義、礼、智、忠……正しい人間に生まれるようにとの伏姫の願いが、文字となって表われたのじゃ」

「とすると、あと五つの玉がどこかにある……」

「我々と同じに生まれついた五人の人間がいる……」

「それから二十数年、私は伏姫の言葉を信じて、ただひたすら諸国を行脚したのです。その末に、小文吾と会えたのです。力は尽きてしまった。この行徳まで来て、歩くことも出来なくなってしまったのです。ただ、ここで歩けなくなったのも、運命の知らせるところではないかと思いました。私は小文吾に言いました。命の尽きるまで私はここで待つと……その命がまさに尽き果てようとした時に、あなた方が……」

孝吉爺の眼から涙がとめどなく流れた。

「私は、こうして三人を集めた。伏姫も、きっと私を許して下さると思う。信乃どの、現八どの、小文吾どの、後のことはどうかよろしくお願いします」

孝吉爺は、三人の前に深く頭を下げた。

「そんな心細い事を言っては駄目じゃ、孝吉爺」

小文吾が、孝吉爺の顔を上げさせた。孝吉爺は、また深々と頭を下げ、

「どうか、私に代って後のお子たちを集めて下さい。そうして皆で一緒になって、あの

「赤い炎？」

「そうじゃ、山下城の血塗られたような赤い炎……私には、あの火の色が忘れられないのじゃ。あれはまさにこの世の悪……里見家を、いや里見家だけではなく、この世を滅ぼそうとする悪の炎のように思えてならぬ……伏姫さまは、我が身を犠牲にされて、あの悪と闘うものをこの世に残していかれたのじゃ……それが、八つの光の子……あなた方以外にはあの悪とは闘えぬ……あなた方は、あの悪と闘うために、伏姫さまがこの世にお遺《のこ》しになったのじゃ！」

孝吉爺は、興奮して息を切らせた。

小文吾が、そっと褥の上に横たわらせた。

5

「あの話を信じるか、信乃どの。私にはどうも信じられんのだ。八つの光の子など……」

母屋から出て、現八が言った。

「しかし、現に玉は、私のも入れて三つ……」

信乃はじっと考えていた。

「私は『孝』の玉を持ちながら、養い親に大事な剣を騙《だま》し盗《と》られた。小文吾は『悌』の玉を持ちながら、愛する親も弟も殺《あや》めるはめになってしまった」

「そういえば、俺も『信』の玉を持っていながら、それを裏切るような職につき、信を守ろうとして死罪にされるところだった」

「我らにも、何か悪運が取り憑《つ》いていると思わないか？」

「山下城の祟りが取り憑いているというのか？」

「そうとしか考えられない」

「………」

「五人の人間を探そうではないか、現八どの。その五人が、いずれも悲運の下にあったとしたら、孝吉爺の言うことは本当なのだ」

「うむ……」

「本当だとしたら、我々に取り憑いた悪と闘わなければならない。それがこの世の悪だと言うのなら、それと闘わなければならない。そうすることが、我々の持って生まれた運命なのだとしたら……」

その通りのことを、信乃は、孝吉爺に伝えた。

孝吉爺は、言葉を口にする力を失っていたが、それを聞くと安心したように眼をとじ、夜明け近く、最後の力をふりしぼるようにして、一人で腹を切って他界していった。

腹を切らなくても生きる力は尽きていた。孝吉爺は、自分が伏姫に弓を射てしまったことを、最後まで忘れることが出来なかったにちがいない。最後の力をふりしぼって腹を切

「孝吉爺!」

小文吾が、孝吉爺の遺体に取りすがって泣いた。

信乃と現八は、この体の大きな男がどれほどこの老人を愛していたかを知った。

小文吾は庭に深い穴を掘り、丁重に孝吉爺を埋葬した。

「これからどうする?」

現八が言った。

「私は大塚の里へ帰る。村雨丸をすり替えたのは、養父《ちち》のしわざらしい。荒川の流れのなかに落ちた養父を助けるために私が舟から離れた、あの時以外に考えられない。若い頃から泳ぎの達者な養父が、あの位の水流で溺《おぼ》れる訳はない。養父は、あの時の船頭としめし合せていたのだ」

信乃は、自分の迂《う》闊《かつ》さを悔やむように、大きな溜息をついた。

「村雨丸のことよりも、浜路のことが心配だ。養父や養母がそんな悪い人間だとしたら、浜路の身にも何かが起っている」

「浜路というのは?」

「私の許嫁《いいなずけ》者だ。幼い頃からずっと好きだった娘だ」

信乃は自分の心に言い聞かせるように言った。

現八が、そんな信乃をじっと見た。

「私も、信乃どのと一緒に行こう」

「私も行きます」

小文吾も言った。

第八章　毒娘と首斬り役人

1

浜名湖《はまなこ》、弁天島《べんてんじま》の松原を、妖之介はふらりふらりと歩いていた。

行くあてはあるような気もしたし、ないような気もした。自分の意志でないものに引かれる旅だった。引かれるままどこまでも行ってみようと、妖之介は決めていた。

足の向くままに歩いていたら、毛野のような人間とも会えたのだ。毛野をいたぶり尽して、妖之介は満足していた。

毛野のすべてを奪い尽してやった。あの女（かどうか分からぬが）は、死ぬより他にないだろう。そこまでむさぼり尽さずに、少し残しておけばよかったと思った。もう一度いたぶる楽しみが残ったのだ。

「惜しいことをしたな……」

妖之介は上機嫌で歩いていた。旅には、まだまだ楽しいことが待ち受けているような気がする。

その時、松林の蔭《かげ》から二人の人間が現れた。

一人は妙に白くつるりとした顔をした男であった。その顔に皺《しわ》ひとつないのが、年を分からなくさせている。切れ長の眼《め》が異様に紅《あか》い。もう一人は妖艶《ようえん》な女だった。全身から妖《あや》しい色香が立ち昇っている。

「白井妖之介だな」

眼の紅い男がかすれ声で言った。

「そうだ」

「私は、蟇田素藤」

「私は、船虫」

妖艶な女が言った。

それしか言わずに、二人は松林を歩き出していた。妖之介も黙って後を歩く。

浜名湖畔の宿に三人が入っていった時、出迎えた宿の主人《あるじ》が一瞬息を呑《の》んだ。宿の入口に、ゆらりと妖気《ようき》が立ち昇ったのだ。

「部屋はあるな？」

素藤が、主人を見つめながら言った。

「は、はい」

その夜、飯を運んで来た若い女中を、素藤の紅い眼がじっと見つめた。

きれいな娘だった。近在の百姓娘だろう、肌が瑞々《みずみず》しく白かった。

女中は三人の顔を見ないようにして、手早く盆を置くと、逃げるように部屋を出ようとした。

「待て」

素藤が言った。

女中が振り返る。その眼を、素藤の眼が捉《とら》えた。眼のふちが紅味を増す。女中は眼を離せなくなった。

「仕事が終ったら、この部屋へ来い」

素藤が言った。

「はい」

女中はうなずいて、来た時とは正反対のゆっくりとした足取りで、廊下を歩いていった。

「面白いものを見せてやろう」

素藤が、船虫と妖之介を振り返って言った。

2

その夜更け、部屋の襖《ふすま》が静かに開いた。若い女中が立っていた。

「入れ」

当然のように素藤が言った。

女中は入って襖を閉めた。船虫と妖之介のことなど目に入っていない。

女中は、素藤の眼だけを見つめていた。その紅い眼だけを。

「脱げ」

素藤がかすれた声で言った。女中が着ているものを脱いだ。

そこで見たものは、確かに面白い見世物《みせもの》であった。一人の人間が、他の人間に操られ、なすがまま、言うがままに踊る。

女中は、素藤の命じるままに、仰向けになり、うつ伏せになり、肢《あし》をひろげ、尻《しり》を上げ、どんな形にでも女体をくねらせた。

そして、獣のような呻《うめ》き声を上げた。

妖之介と船虫が見たものは、それだけではなかったのだ。もっと異様なことが、次に起った。

「この男、ただものではない」

妖之介は思った。

「私を犬坂毛野と出合わせてくれたのも、おぬしなのか？」

「私ではない」

庭に面した襖を開けると、浜名湖の静かな水面《みなも》が間近に見えた。

暗い湖面に、大きな赤い月が昇っていた。血の澱《よど》んだような赤い色が、湖水に映《は》えている。

素藤は、庭に出てその月を眺めた。

「いい月だ」

かすれ声が言った。

「そう、きれいなお月さま……」

船虫も艶《つや》っぽい声で言った。

妖之介も、二人に並んで庭に立った。

「いい月だ……」

体中の血が滾《たぎ》るような気がした。体に力が満ちるような気がした。

「私たちは御霊様《みたまさま》に導かれて生きているのだ」

素藤がゆっくりと言った。

「孝なるものは不孝とし、忠なるものは忠を裏切らせ、善《よ》き心を持つものは狂わせ、幸なるものは不幸に陥らせ、女は犯し、生きるものは殺す……そのためなら、どんな人間にも負けぬ力を、御霊様は私たちに与えて下さるのだ」

船虫も妖之介も、赤い月に見入っていた。

「悪こそがこの世の魅力だ。この世の力だ」

素藤の声が一層しわがれた。

「そして、夜こそ悪の生きる世界……」

船虫も妖之介も黙って聞き入っていた。

「この世のすべてのものは、夜のうちに用意されるのだ。人は、闇《やみ》の中で、謀《はかりごと》をめぐらせ密議をこらし、遊牝《つる》み合い、本性をさらけ出す。この世を支配しているのは光ではない。闇なのだ。よく憶《おぼ》えておけ、船虫、妖之介。御霊様こそ闇の帝王、我々はその使者としてこの世に生まれて来たのだ」

どんよりとした赤い月が、じっと三人を見ていた。

「里見義実の娘が、八つの光をこの世に残して行った。我々は、その光を滅ぼさなければならない。御霊様に逆おうとする人間は、皆殺しにしなければならぬ。我々は、そのために集まるのだ」

「ひょっとして、あの毛野という娘……あれは、その八つの光の子だったのではないか。俺にめぐり逢《あわ》せたのも、そのためだったのではないか？」

妖之介が言った。

「殺したのかい、その女を？」

「殺すよりも、もっとひどい目にあわせた。おそらく、生きて行く力はもう残ってはいないだろう。

てみたかった……」

「いやに御執心だね」

船虫がからかった。

「あの娘は、おそらく、私と対《つい》となって生まれて来たのだ」

船虫のからかいにも、妖之介は表情を崩さずに言った。

「もし生きていれば、御霊様がもう一度会わせて下さる」

素藤がかすれ声で言った。


翌朝早く、宿の主人が憤然として廊下を渡ってきた。

夜遅く、宿の女中が部屋を抜け出し、素藤たちのところへ忍んでいったのを、主人《あるじ》は同輩から聞いて知った。昨夜、宿中に響き渡るようなよがり声を上げたのは、自分のところの女中であったのかと、主人は仰天した。

みつという名の女中は、飯盛女《めしもりおんな》などではなく、近くの百姓家から願って来てもらってい
た嫁入前の娘だったのだ。

みつがなぜそんなことになったのか、訳は分からなかったが、ふらりと来た宿で勝手な真似《まね》をしてもらっては困ると、主人は勇を奮って、あの妖しげな三人に抗議する気で来たのだ。

「お客さん、入らせて貰《もら》いますよ」

主人は襖を開けた。

瞬間立ち竦《すく》む。

素藤たちの姿は既になく、奥の褥の上でみつ一人だけが、だらしなく足をひろげて、全裸のままうつ伏せになっていたのだ。

「みつ！」

主人は叱りつけるように言って奥へ入った。

そして、もう一度立ち竦んだ。みつの背中の部分の白い肌が、大きく剝《は》ぎとられていたのだ。

3

素藤、船虫、妖之介の三人は、浜名湖から天竜《てんりゆう》に上った。

「ここに何があるんだ？」

「権現《ごんげん》様のお祭りで闘牛があるんだってさ」

「闘牛？」

そんなものを見に、わざわざ日数をかけて天竜を上ってきたのかと、妖之介は素藤を見た。

ブナ林を入って行くと、小さな丘に花筵《はなむしろ》が敷かれてあって、近在からも集って来た村の人間たちで埋っていた。

丘の下の広場で、牛が二頭、既に角を突き合せている。

双方で押し合うのを、力士が牛の体を巧みに操って、さらに挑み合せる。牛たちは、鼻押し、角打ち、横打ち、鉄砲突きと、四十八手の秘術を尽して闘うのだが、祭礼の行事だから、金銭を賭《か》けることもなく、相手の牛を惨敗させることに目的があるわけでもない。二頭の牛が秘術を尽して渡り合うことに、見物客たちは大喜びで喝采《かっさい》を送るのだ。一方が負けそうになると、勢子《せこ》が牛の脚に縄をかけて引き分けとする。縄かけは仲々難かしく、勢子連の腕の見せどころでもある。

妖之介は、素藤や船虫と丘の後から見ていた。

三人が並んで立つと、妖気のようなものを感じるのか、前に坐《すわ》っていた観客たちが振り返り、気味悪そうに席を移すので、素藤たちの前はがらりと空いてしまった。

素藤は平気な顔で牛を見ている。

やがて、一方の牛に縄がかけられ引き分けとなった。また別の牛が引かれて来る。

観客席からどっと歓声が沸いた。拍手が起る。

人気のある牛らしい。

見るからに筋骨たくましく、毛もつやつやと脂ぎっている。角はがっしりとして太く、切先は鋭い。

もう一頭の、牛が引かれてきた。

また、どっと歓声と拍手が沸く。先の牛と劣らない人気だ。

この牛は、葦毛《あしげ》めいた斑毛《ぶち》で、その長い角が犀《さい》を思わせるような巨牛だった。四肢はがっしりと巨体を支え、眼光はらんらんと鋭く、象もひれ伏すような勢いだった。

観衆は息を呑んで見守っている。

勢子が双方の牛を煽《あお》り立てる。力士たちが、両牛の鼻づらを引いて近づけていく。両牛が充分に近づいたところで、力士が鼻木《はなぎ》を離した。

二頭の牛はすぐには突き合わず、相手をにらみ据え、威嚇《いかく》するように身構えている。頭を低く下げ、背を立てて動こうとしない。

そのままで、長い時がたった。

両の牛が動いた。角と角が当る鋭い音が広場に轟《とどろ》いた。

二頭の牛は大地にめり込むほどに蹄《ひづめ》を踏んばり、眼を燃えるように血走らせる。巨体がたちまちにして汗にまみれた。

巨牛と巨牛が力まかせに突き合うので、さすがの太い首もいまにも折れそうに見えた。

両牛が、角を鳴らしてぶつかり合う。全身に力を籠《こ》めたまま、そのまま動けない。このままでは力を使い果たして弱っていくだけだと、勢子連が出て、牛の脚に縄をかけ引き分けようとした。

勢子達が近づくと、二頭の牛ははれのいるように激しくぶつかり合い、勢子たちを近づけようとしない。

巨牛たちは、力尽きるまでやり合うつもりなのだ。ここが腕の見せどころだと、黒牛に近づいて脚に縄をかけようとした勢子の一人が、一頭の牛に角をかけられ、空中に投げ飛ばされた。

見物衆のなかで悲鳴が上った。

力士たちや勢子たちが慌てる。誰《だれ》もが右往左往するだけで、牛の間に割って入ることは出来ない。両牛は一層興奮した。土煙を上げてお互いにぶち当っていく。

誰も牛の傍《そば》に近づくことが出来ない。

「このままじゃ、どちらかの牛が死ぬ。早く止めろ！」

牛の持主らしいのが叫んだが、どうなるものではない。両牛が暴れ狂う広場には、勢子や力士たちの姿も見えなくなっていた。

すべての人間が、丘の上に走って巨牛を眺めている。

その時、広場に一人の男がのそりと降りていった。

体の大きな男だった。男は牛の方に近づいて行く。

見物衆が息を呑んだ。

「何をする気なのだ?!」

村の衆も見たことのない男だった。

「体が大きいからといって、あの牛たちには敵《かな》いはしない。力自慢なのだろうが、馬鹿な男だ」

見物衆は、牛に近づいて行く男をただ見守った。

「籠山逸東太《こみやまいっとうた》だ」

素藤がボソリと言った。

男が、牛に近づいて行く。お互いに角つき合せていた牛の葦毛の方が、邪魔ものが入ったとでもいうように、男めがけて突っ込んできた。

見物衆が悲鳴を上げた。男は、葦毛の牛の角をがっしりと両手でつかむと、巨牛に負けない力で押し合った。

見物衆のなかから歓声が上る。応援の声が飛ぶ。

男が、角から片手を離した。男の手が葦毛の牛の眉間《みけん》に叩《たた》きつけられる。

牛の眉間から血が飛沫《しぶ》いた。

見物衆は総立ちになった。

一撃で、牛は頭を砕かれていたのだ。巨体がゆっくりと崩れた。

もっと驚くことが起った。男は、葦毛の牛の肢を摑《つか》み、巨体を高々と持ち上げると、見物衆めがけて放《ほう》り出したのだ。

巨体が空を飛び、地響きをたてて落ちた。

見物衆は叫び声を上げて逃げた。

は血走っていた。

突っ込んで来る黒牛から、男がひらりと身をかわした。次の瞬間、男の腕が黒牛の眉間に叩きつけられていた。走って来た勢いも加わって、黒牛の眉間は葦毛の牛よりも激しく砕けた。

頭蓋骨と脳漿《のうしょう》と血が、混り合って吹き飛んだ。

男は黒牛を高々と掲げ、見物衆めがけて投げ飛ばした。見物衆は転がるように逃げた。

男に対する恐怖しかなかった。

広場にも丘にも誰もいなくなった。見物衆は、ここなら安全だと思える遠くの林の中から、怖いもの見たさで見つめている。

丘には、素藤と船虫と妖之介が残っているだけだった。男がゆっくりと上ってきた。

「行くか、逸東太」

素藤が頼もしそうに、言った。

逸東太と呼ばれた男は、黙って素藤たちに並んだ。

四人は丘を下った。村の衆たちは、何者であろうと不審に思いながらも、遠くから見つめるだけで、四人に近づくものはいなかった。

「逸東太は怪力を持って生まれた。一歳の時、可愛《かわい》い手で飼猫を絞め殺した。二歳の時、近所の犬を撲殺して体を引き裂いた。六歳になった時、気に入らぬことを言った近所の子供を秘《ひそ》かに生き埋めにした。十歳の時に家族を叩き殺した。十五の時にふらりと村に戻り、村の人間を皆殺しにしたのだ」

素藤の言葉に、逸東太は何の反応も示さない。

「この男を怒らせるなよ」

素藤が楽しそうに言った。

「怒らせたら命がなくなる」

用心しなくてはなるまいと、妖之介も思った。

「この男は、自分の怪力を人に見せつけたがっている。その機会を常に狙《ねら》っている。些細《ささい》なことがあれば、この男はすぐに飛びかかってくる。形あるものを破壊することが好きでたまらぬのだ、この男は」

4

天竜を下って、四人は磐田《いわた》へ出た。

すすきの原のなかを、一本の道が通っていた。

身の丈より高いすすき以外には、何も見えない。秋にはまだ遠く、すすきが青い。

四人はゆっくりと歩いていた。

土地の百姓がすすきを拓《き》りひらいて作った道を、わざわざ通らせるのは何か魂胆がある

素藤に黙って歩いていく
四人のはるか前を、百姓の親子が歩いていた。まだ若い夫婦が五、六歳の子を真ん中にして歩いている。両親に手をつながれて、後姿からも幸せな親子であることが分かった。

素藤が足を止めた。妖之介たちも足を止めた。

はるか前方に、人影が見えた。ゆっくりと近づいてくる。

がっしりとした体つきの男だった。腰に刀を差している。

百姓の親子たちが近づいて行く。人のいい百姓なのであろう、見知らぬ男にも頭を下げるようにして、男とすれ違った。

その時、男が足を止めたように思った。一瞬だけ、腰を低くしたように思った。きらりと銀色に映えるものが、すすきのなかで光ったように思った。

男は何事もなかったように歩いてくる。その後で、百姓の親子三人の首がぽろりと落ちた。

三人の体は、手をつなぎ合ったままの姿勢でゆっくりと前に倒れた。

「見事だ」

妖之介が思わず言った。

一瞬にして命を奪われた百姓親子を憐《あわ》れむ気持など、誰にもなかった。

男が近づいてくる。精悍《せいかん》な顔付の男だった。

「泡雪奈《あわゆきな》四《し》郎《ろう》だ」

素藤が、妖之介たちに言った。男は何も言わない。

「一寸《ちょっと》いい男じゃないか……」船虫は思った。「この男となら一度遊牝《つる》みあってもいいね」

しかし男が、女には何の興味も持っていないことを、船虫はすぐに覚《さと》った。女に少しでも興味のある者なら、船虫を見ると一瞬視線を止める。その止まり具合で、相手が自分にどのくらいの興味を持っているかを、船虫はすばやく推しはかってきたのだ。

奈四郎というこの男は、素藤や妖之介や逸東太を見るのと違わない視線で、船虫を見た。いや、素藤や妖之介や逸東太をも、ろくに見てはいなかった。

「この男に興味のあるのは、自分だけなのだ」

船虫は思った。

そう言えば、この男も逸東太も、まるで喋《しゃべ》ろうとはしない。人と意志を通じ合わせることなど、この男にとっても逸東太にとっても、どっちでもいいことなのかも知れない。自分の怪力に、巧みに人を斬《き》る自分の腕に、自己陶酔する以外に楽しみはないのだ。

「これじゃ、男女《ふたなり》の妖之介の方が可愛いね」

船虫は、押し黙ったままの二人を見ながら思った。

「奈四郎は、首斬り役人だった」

素藤が言った。

「その仕事に満足していた。人に与えられた首を斬るだけでは面白くなかろうと、私が言ったのだ。眼の前に用意された首を落すだけではつまらぬだろうと。自分の子をぬ。私たちには、それだけの力が与えられているのだ」

すすきの原の向うで、ちらりと赤いものが揺れた。

路《みち》のはるか遠くを、村の娘が若い男と戯《たわむ》れ合いながら歩いてきたのだ。

逸東太が見た。奈四郎が見た。

若い男女の運命が、決まる一瞬だった。

逸東太が走り出した。奈四郎も負けじと走った。

若い男女が、走ってくる二人に気づいた。何事だろうと、いぶかし気な顔で立ちどまる。

自分たちに向って死の運命が走ってきていることに、二人共少しも気づいていなかった。

逸東太が走る。奈四郎が走る。

青いすすきが、いっせいに揺いだ。風が急を告げるように、すすきの原を走っていく。

若い男女の表情がとまった。娘が、男の腕を握りしめた。自分たちに向って走ってくる
二人の男に、ただならぬものを感じたのだ。

殺気が自分たちに向ってくる。若い男が、娘の手をつかんで走り出した。

逸東太が足を早めた。奈四郎も足を早める。

娘が悲鳴を上げた。足がもつれる。

「走れッ、くみ‼」

若い男が悲鳴に似た声で叫んだ。逸東太が一瞬早く二人に追いついた。手が娘をわしづ

かみにする。

若い男は、娘の方を振り返りもせずに走った。逸東太が、一瞬にして娘の着ているものを剝《は》いだ。

「いやあーッ‼」

娘が悲鳴を上げた。

逸東太は、両手で娘の足首をつかむと逆吊《さかさづ》りにした。

娘の白い肉体が、逸東太の胸元にだらりとぶら下った。

逸東太は、得意気な顔で素藤たちの方を振り返った。その顔は、悪童が蛙《かえる》を捕えた時の表情によく似ていた。

逸東太はゆっくりと両腕を開いていった。

娘の両脚が大きく開いていく。

逸東太は、悪童が蛙を引き裂くのと同じような手軽さで、娘の白い体をふたつに引き裂いていったのだ。

若い男は走った。息が切れ、胸がはり裂けそうになる。走っても走っても男はついてきた。息ひとつ切らしていない。

必死で逃げる獲物《えもの》を、楽しみながら追ってきている。それを知った時、若い男は立ちどまっていた。逃げなくてはならないと思いながら、足の方が勝手に止まってしまったのだ。

ふたつの白い塊が見えた。

「くみだ」

そう思った瞬間、若い男の眼に向って白い光が振り下された。光は、若い男の体を頭から足先まで一瞬にして走り抜けた。

剣が、若い男の体をまっぷたつに斬り裂いていた。

合せ貝が開くように、若い男の体が血潮を迸《ほとばし》らせながら開いていった。若い男は真赤《まっか》な塊となって、ゆっくりと路に倒れた。

奈四郎が振り返った。競うような眼で逸東太を見る。

素藤たちが近づいてくる。肉の塊となって道に放《ほう》り出された若い男女の屍体《したい》をまたいで、何事もなかったように歩き去っていく。

すすきのなかから野犬が出て来た。

おびただしい数の野犬が現れて、血にまみれた肉塊に群がっていった。

5

磐田の原を抜け、袋井《ふくろい》に出た。

「すすきも枯れてくるといいけれど、ああ青いと息が詰まる」

船虫がほっとしたように言う。

袋井から掛川《かけがわ》を通り、牧《まき》の原《はら》の山路を歩いた。

その山路の途中に、小さな家があった。道からはずれ、樹々《きぎ》に囲まれた場所にひっそりと建っている。

素藤はその家へ入った。三間ほどの家である。人の住んでいる気配はあったが、誰もいなかった。

鬱蒼《うっそう》とした樹立《こだ》ちのなかに建っているので、家のなかは昼でも薄暗い。素藤は一番奥の部屋に坐った。妖之介たちも並んで坐る。

誰も口をきくものはいなかった。隣室の間の襖が破れ、小さい穴が幾つもあいていた。

そのままで半刻《はんとき》ばかりたった。戸の開く音がして、誰かが帰ってきた。隣室に、ふっと華やいだ気配がした。襖の穴のなかに派手な色合の着物がちらと見えた。

素藤が襖の穴に眼をあてた。

「覗《のぞ》きかい？」

船虫が低く笑った。

襖の穴は隣室を見るために開けてあることが、その時になって分かったのだ。

「こんなところまで来て覗きをやらされるなんてね……」

船虫が低く笑って、眼を穴にあてた。

隣室には若い娘がいた。

「どうぞ」

娘が明るい声で言った。

若侍は部屋を見廻《みまわ》しながら、遠慮がちに坐った。

「きたない家でしょう」

「いや……」

と言おうとしたが、それ以上言葉が出なかった。正直な性格らしい。旅仕度をしているところを見ると、旅の途中だったのだろう。

「おくつろぎになって下さい」

娘が、土間に下りて茶を入れた。

そう言われても、若侍はくつろぐ気になれないらしく、正座したまま娘の後姿を見ている。

素藤は何を見せるつもりなのだと、妖之介は思った。大の大人が五人揃《そろ》って、若い娘と若い男の無邪気なやりとりを、ひょっとして乳繰り合う様を、襖の破れから見せようというのか。

娘がお茶を入れて来た。

「ほんとに粗末なお茶ですけど……」

恥じらいながら言う。黒い眼がよく動く、初々しい娘だった。

「さきほど、そなたが言ったことは本当なのか」

出された茶を飲もうともせず、若侍が言った。

「はい」

娘は若侍を見つめながら言う。

「信じられない」

若侍の方が眼をそらせた。

「父の薬を買うためには仕方がないのです」

「お父上はどこにいるのだ？」

「この家にはおりません。ここは父が山仕事をするために建てた家です。この山を下ったところに母家があって、父はそこで臥《ふせ》っております」

「ほんとうに金に困っておられるのか？」

「はい。父が山仕事を出来なくなれば、収入の道はありません。今までの貯《たくわ》えも底をつき、薬も買えなくなったのです」

「それで、そなたが……？」

「はい」

娘は、愛くるしい黒眼で若侍を見つめた。

「私ではおいやですか？」

「そ、そんなことはない」

娘は黙って立つと、押入れをあけて褥を敷いた。若侍が一度制しようとしたが、そのまま坐り込んだ。

娘は褥を敷くと、黙ったまま着物を脱いだ。

「おやおや……」

船虫が小さな声で言った。

「ひょっとして、あの娘が我々の仲間だとでもいうのかい……」

娘が裸になった。ほの暗いなかに白い体が浮ぶ。娘の体は、その顔とよく似合って、どこもかしも可愛らしく丸味を帯びていた。

若侍は、娘の体を正面から見られなくて、うつむいたままだ。娘の方がさっさと褥に横たわった。肢をより合せ、両手で顔を被《おお》っている。恥ずかしさで一杯《えきか》という姿なのだが、顔を被うために両腕を上に掲げているため、若侍の方からは、娘の腋窩がくっきりと見え、ひどく煽情《せんじよう》的な姿態になっていた。

「早く……」

娘が小さな声で言った。

かろうじて声が出たという風情《ふぜい》だが、男を誘うように肢をより合せた。

「この娘、慣れているな」

妖之介は思った。

若侍の方が、煽《あお》られて、慌てて旅衣装を脱ぎはじめた。娘の全裸姿から、眼が離せなくなっている。

「恥ずかしい……」

娘が小声で言って、体をくねらせた。動きが、男を誘っている。若侍は着ているものを脱ぐと、飛び込むように娘のそばに行った。

全裸のままで、手に路銀を持ち、

「これでいいだろうか」

と、娘のそばに置いている。律儀な性格らしい。

覗いていた船虫が吹き出しそうになって、慌てて口を押えた。

「はい」

娘はしおらしい声を出して、若侍の体に手を廻した。若侍が、堰《せき》を切ったように激しく娘の体を抱きしめる。

「ああ……」

娘が溜息《ためいき》をついた。いかにも空々しい溜息だったが、若侍に気づく余裕なんかない。ただただ強く娘の体を抱きしめているだけだ。

「きれいだ……そなたは、きれいだ……」

呻くように言うのだが、そのくせ娘の体を味わう余裕なんかはない。娘の体にしがみついているだけだ。

触れさせる。若侍がきつく抱きしめているだけなので、自分の方から男を導く気らしい。

娘の乳房に触れた若侍の手が震えていた。遠慮がちにふくらみを撫《な》でていたかと思うと、
今度はたまらなくなったように強くわし摑みにしてくる。

「痛い……」

若侍は慌ててその手を離した。どうしていいか分からなくて、手が宙をさまよっている。

娘がその手を、もう一度自分のふくらみに触《さわ》らせた。

「いいのよ……」

と、やさしく言う。手が男の股間《こかん》にのびていった。

「あ……」

男が小さな吐息をもらした。娘の手が男のものに触れたらしい。娘の腰がゆっくりと男の下に潜《もぐ》った。突き上げるようにして、男のものを体内に入れた。

「ああ……」

男が、今度は大きな声を上げた。娘の肉体《からだ》がゆるやかにうねる。慣れた動きで男の体を突き上げ、また離れる。二、三度、それを繰り返されただけで、若侍は堪《こら》え切れぬように娘の体にしがみついた。

「まだよ……まだ……」

娘の手が若侍の背を撫でた。柔らかな体がゆるやかに動き続ける。

「ああ……」

娘が声を上げた。

「ああ……」

さらに大きな声を上げる。

「いい……いい……」

娘が男の体にしがみついた。腰がゆるやかに蠢《うごめ》きつづける。

「ああ……ああ……」

娘がまた声を上げた。

船虫は、娘が本気で声を出しているのに気づいた。それを生業《なりわい》としている船虫である。男を煽るための声と本気で出す声との違いくらいは、すぐに分かる。

「ああ……」

娘がまた声を上げる。

肉体《からだ》のうねりが激しくなっていく。

「この娘は本気で感じている……」

船虫はあきれた。

若侍の性技は、下手を通り越している。でくの坊のように横たわっているだけだ。娘の方がからみつき、勝手に動いている。それなのに、こんな風に本気で感じてしまうなんて、娘の全身が汗ばんで来た。その汗に煽られるように、若侍が初めて動き始めた。

「ああ……ああ……ああ……」

若侍に突かれるたびに、娘はたまらないように声を上げた。

「いい……いい……いい……」

娘も激しく動き、汗が全身を濡らした。

「ああーッ‼」

若侍が大きな声を出した。

その体が硬直する。

若侍が娘の体内で迸らせたのが、見ている方でもはっきりと分かった。

「ああッ……」

娘も体を突っ張らせた。小きざみな痙攣《けいれん》が全身を走る。娘の肌から新たな汗が吹き出した。

「若い娘のくせに、ようやる……」

船虫は感嘆していた。

若侍がぐったりと娘の体の上に俯伏《うつぶ》せた。娘の手が男の体をやさしく抱きしめる。娘の艶やかな肌に浮ぶ甘い汗を吸おうと、若侍がその体に口をつけた。

その瞬間、

「ううッ‼」

と呻いて、若侍の体が海老《えび》のように跳ねた。娘の体から落下した若侍の体が、さらに跳ねる。

若侍の手が虚空《こくう》をつかんだ。顔が苦痛で歪《ゆが》んでいる。何が起ったのか、船虫たちには分からなかった。

若侍は、苦悶《くもん》の表情で手を宙に泳がせると、すぐに動かなくなった。

娘が起き上り、倒れている若侍の方は見ようともしないで、土間へ降りて来て、白布で丁寧に体の汗を拭《ふ》いた。娘の肌が、信じられないほどの艶やかさで輝いている。白い肌に精気が漲《みなぎ》っていた。

薄暗い土間に、女の甘い匂いが漂った。

何処《どこ》に身を潜めていたのか、僧服を着た、娘の半分程しか背丈のない男が現れ、娘の体に着物をかけてやっている。男は、若侍の倒れている部屋に上ってくると、隣室の覗き穴に向って言った。

「いかがでしたかな、素藤どの」

素藤が襖を開けた。

「仲々見事であった。岩井幻人《いわいげんじん》」

男がちょこんと頭を下げる。体も小さいが、その顔も貧相だった。瞼《まぶた》がたれ下って眼を

「汗に毒が混っているのだな？」

船虫が、倒れている若侍の方に眼をやりながら聞いた。

「いかにも」

幻人が得意気に言った。

体に着物を掛けただけの姿で、若い娘がそっと幻人の傍《そば》に坐った。そうやって坐っていると、今起ったことがとても信じられないほど愛くるしい娘だ。

「この娘の全身は、毒で満ちている」

幻人が、娘を見ながら言った。

「私が、附子《ぶし》を少しずつ、この娘の体に潜《ひそ》ませたのだ」

「附子とは？」

妖之介が聞いた。

「トリカブトの根です。猛毒じゃ……娘の体から吹き出す汗には、その猛毒が混っておる」

「この娘は大丈夫なのか？」

「そこが、この幻人の幻人たるゆえん」

幻人がニタリと笑った。卑しい笑顔である。

「しかし、娘もそう長くはもたぬ」

娘を前にして、幻人は平気な顔でいった。

「そのかわり……消える寸前のロウソクが一段と高く炎を上げて燃えつくすように、この娘の体は一段と若く艶やかなのじゃ」

　幻人が、着物をひろげて娘の体を晒《さら》した。

　幻人の言う通り、娘の体は何とも言えない色香を漂わせていた。清らかであり淫《みだ》らであった。若い女の肌の張りを持っていながら、年増女《としまおんな》の艶も持っていた。

「可愛い顔をしていながら、淫らな娘《おなご》なのじゃ。ほんの少しの刺激でもたまらなく燃え上る。どうじゃ、どなたか試して見なさるかな？」

　答えるものは誰もいなかった。

「この幻人は、医者だ。薬とは同時に毒。この医者は薬よりも毒を使う方が好きでの。さる殿様の侍医だったのだが、その殿様に少しずつ毒を試し、とうとう狂わせた。殿様は、一族郎党を次々と殺し、戦国の世にも名高い殺人鬼となっていったのだ」

　幻人がニタリと得意気に笑った。

「幻人にかかると、人を狂わすことも、人を淫らにすることも、人を痴呆《ちほう》のようにすることも、すべて意のままだ。幻人の機嫌を損ねない方がいいぞ、気づかぬうちに一服盛られて、狂い死にさせられるかも知れぬ」

　素藤が笑った。

「ヒヒヒ……」

　幻人も楽し気に笑った。

けた。

第九章　浜路の行方

1

信乃、現八、小文吾の三人は、大塚の里めざして急いでいた。

信乃は、自分が陣代《じんだい》殺し親殺しで追われていることなど、少しも知らない。ただただ浜路に逢《あ》いたかった。

日頃《ひごろ》からは考えられないほどの大胆さで、浜路が自分に追いすがってきたことが、意味のあることに思えてきていた。生まれた時から肌身離さず持っていたお守袋を、亀篠に言われて手離したことが、不吉なことに思えてならなかった。

信乃は、浜路が左母二郎と旅立っていったことを、少しも知らなかったのだ。

戻橋《もどりばし》を渡ろうとした左母二郎は、思わず足をとめた。

三人の男が並んで橋を渡って来る。そのなかの一人が、信乃ではないか。

左母二郎はとっさに浜路の手をとり、土手を駈《か》け降りた。橋の下に駈け込み、浜路を抱

「どうしたのです?」

浜路が驚いて聞いた。

「追手だ。役人が向うから来る」

浜路は、左母二郎が陣代殺しで追われているものと思い込んでいる。

「声をたててはならぬ」

左母二郎に言われて、浜路も息をひそめた。浜路の体から、女らしい匂《にお》いが立ち昇ってくる。左母二郎は息を吐いた。まだ、浜路と体の関係は持っていない。

自分のために陣代まで殺した男だと恩を感じながらも、浜路はどうしても左母二郎に抱かれる気にはならなかった。そのうちに、そのうちにと言いながら、一日一日引き延していた。

左母二郎の、女のように細いくせに妙に脂っぽい指の感触が、たまらなくいやだった。抱かれる気になっても、その指が肌に触れて来ると、思わず、

「いや‼」

と、心より体の方で撥《は》ねのけてしまうのだ。

浜路は、信乃を忘れていなかった。自分を捨てていった男だと思い込んでいたが、どこかで信じていなかったのかも知れない。信乃なんか忘れたと心に言いきかせながら、どこかでまだ追い求めていたのかも知れない。

信乃が、自分のすぐ頭上の橋の上を渡っていっているとは、浜路は夢にも思っていなか

った。

「信乃の奴《やつ》、古河城でうまく言い逃れたのか……」

左母二郎は思った。

「この辺でウロウロしてては危い……」

陣代殺しの罪を信乃に着せたのだから、遠くまで逃げる必要はなかった。浜路をものにすれば、それでいいのだ。蟇六も亀篠もいなくなったことだし、うまくいけば浜路を嫁として、荘官となって蟇六の家に住めるかもしれない。

小悪党の考えることは、その程度だ。

もう少しで、浜路をものにするところまでいきながら、いまだに果たしていない。無理に押えつけてものにする方法はあったのだが、まずいと思っていた。

恋する余り人殺しまでしてしまった一途《いちず》な男だと、浜路に思い込ませてある。浜路に対しては善良な男でいなくてはならなかった。出来ることなら、浜路の方から体を開かせたかった。そうすれば、そのうちに自分を愛するようになる。左母二郎は、浜路の心も体も自分のものとしたかった。

「いつまでも、ぐずぐずしてはおれんな」

橋の下で、浜路の体を抱きよせながら左母二郎は思った。

左母二郎はいきなり浜路の唇を吸った。

「うッ……」

「こんなところで……」

言おうとした唇を、浜路は強く吸われていた。左母二郎の唇は薄い。柔らかさのない薄い唇の感触に、全身が総毛立つような悪感が走る。

「行こう……」

左母二郎は、浜路と共に橋の下から出た。信乃の姿がないのを確かめてから、土手を上った。

「この辺でグズグズしていては危い」

まさに本心だった。

「もっと遠くへ逃げよう」

浜路は黙っていた。左母二郎の薄い唇の感触がまだ残っている。たまらなくいやだった。

「浜路どの。私はそなたのためにこんな目にあっているのだぞ」

左母二郎は恩に着せるように言った。

「そなたのために人を殺し、逃亡の旅をしなくてはならなくなっているのだ」

そう言われると、浜路はうなずくより他はなかった。

左母二郎と浜路は、戻橋を渡った。信乃が戻ってきて、浜路は反対に出ていったのだ。

橋を渡りながら、左母二郎は浜路に念を押すように言った。

「私も男なのだ、浜路どの。好きな女のそばにいては、我慢にも限度がある。浜路どのの気持を思い、これまではずっと気持を抑えて来たが、今宵は何としてでも私のものになってもらう。いいな、浜路どの」

2

信乃は、何も知らずに大塚の里に急いでいた。里に、近づけば近づくほど、浜路に逢いたい気持がつのって来る。

自分が、とんでもない過ちを犯したように思えてならない。

「無事でいてくれ、浜路どの」

信乃は、自分が浜路から遠ざかっていっていることに気づくわけもなかった。

大塚の里のある武蔵国の最初の関所で、信乃の顔を見た役人が表情を変えた。

「一寸《ちよつと》待て」

と、言って中に入って行く。すぐ四、五人の役人と共に飛び出してきて、信乃たちを取り囲んだ。

「犬塚信乃、陣代殺し、親殺しの罪で捕縛する。神妙にいたせ!!」

「陣代殺し?　親殺し?」

信乃はびっくりした。

「一体、何のことです?」

「言い訳は無用だ。神妙にお縄を頂戴《ちょうだい》しろ!」

犬飼現八が、捕手《とりて》の輪を見て心のなかで笑った。

「これで人を捕えられるとでも思っているのか」

古河で右に出るもののない獄吏だった現八には、スキだらけの囲みに見えた。

「いつでも逃げられるぞ」

信乃の耳許《みみもと》で囁《ささや》いた。信乃は、現八を見てうなずいたが、じっと何か考えていた。

「捕らわれてみる」

信乃は小声で言った。

「何?!」

「陣代殺しも、親殺しも、何のことか分からぬ。捕えられれば何か分かるかも知れない」

「たとえおぬしが、無実であったとしても、そんなことは通らない。捕えられれば死罪だぞ」

権力を持つもののやり方は、現八にはよく分かっていた。

「助けてくれるだろう。おぬしと小文吾で……」

信乃が笑った。現八も笑った。

「そうか……分かった……」

小文吾も笑った。

「犬塚信乃、神妙にお縄を頂戴いたす！　連れの二人は旅で知り合ったもの、何の咎《とが》もない‼」

大声で叫んで、信乃は手を前に廻《まわ》した。役人たちが飛びかかるようにして、信乃に縄を掛ける。

信乃さえ捕えれば手柄になる。それ以上の悶着《もんちゃく》を起すことはないと思ったのか、現八と小文吾は、簡単な取り調べで関所を通した。

現八が、信乃だけに分かる笑顔でうなずいて見せた。信乃も安心したような笑顔を見せ、関所の奥へ引かれていった。

3

浜路と左母二郎は、武蔵国から離れて北へ向っていた。

別にあてがある訳ではない。北へ向ったのも、成行《なりゆき》にすぎない。大塚の里から出来るだけ遠くへ行けばよかったのだ。その必要もないかも知れない。信乃は、関所の役人に捕えられたに違いない。

「何も知らずにノコノコともどってきおって……お前みたいな馬鹿な男には、浜路のような美しい娘はもったいないのだよ」

左母二郎は心の中で嘲笑《あざわら》った。

荒川の岸をふらりふらりと上流へ歩いて行く。さきほどから浜路は一言も口を聞かない。

その一言が効いたのだと、左母二郎は思った。浜路は、自分なりに覚悟をしようとしているのだ。

左母二郎も鈍な男ではない。浜路が自分を嫌っていることは、何日か一緒にいるうちに分かってきていた。自分を救ってくれた恩人だと思いながら、どうしても好きになれないでいる。

しかし今様《いまよう》にも歌われているではないか。ひどい男だと思いながらも、好きになっていく女心が。左母二郎は、そばを歩く浜路を盗み見た。横顔も、眼《め》が離せなくなるほど美しい。

心の葛藤《かっとう》が、顔を愁《うれい》で満たしている。美しい娘が何かに悩んでいる姿というのは、男にとって、思わず手をのばしたくなるほどそそられるものなのだ。

左母二郎は、浜路の手を握った。

浜路が手を引こうとする。左母二郎は握りしめて離さなかった。

「浜路どのは、私のことがあまり好きではないらしい」

耳許でわざと囁いてみた。

「そんな……」

浜路が困ったように顔をうつむけた。白いうなじが華奢《きゃしゃ》だった。

このうなじを、思いきりのけぞらせてみたいと、左母二郎は思った。嫌がる浜路を抱きすくめて体を開いたら、白い喉《のど》はどんなに哀《かな》しく泣くだろうか。紅《あか》い唇からどんな喘《あえ》ぎ声を出すだろうか。

左母二郎は、陣代・簸上宮六に縛り上げられ、まっ白い乳房を縄目から突き出させていた浜路の淫《みだ》らな姿態を、まざまざと思い出した。心が騒ぐ。

「今夜はひとつ、浜路をあんな格好にさせてみるか」

左母二郎は嗜虐《しぎゃく》趣味のない男だ。男の嗜虐心を煽《あお》り立てるものを、浜路はどこかに持っているのかもしれない。思わず虐《いじ》めたくさせるものを、浜路の華奢で美しい体は生まれ持っているようだった。

4

信乃は、役人たちに囲まれて、大塚の里の問注所《もんちゅうじょ》へ送られていった。

林の中を、現八と小文吾が姿をつけていく。

麓《ふもと》を抜ける道を、縄を掛けられた信乃が馬に乗せられて運ばれていくのが見えていた。

馬上の信乃の姿は、二人の眼にもゆったりとして見えた。二人がついてきてくれることに安心しているようだった。二人が自分を救い出してくれると確信している。

ついこの間会ったばかりなのに、信乃は、生まれた時からの兄弟のように現八と小文吾を信頼して、命を二人にゆだねていた。

「犬塚信乃、陣代殺しを吐け！　吐けッ！」

吐こうが吐くまいが、信乃が殺したと決めつけているのだから、自供をさせるための拷問というよりも、責めのための責めにすぎなかった。

社平は、信乃を裸にして逆さに吊《つる》し、自ら笞《むち》を持って信乃を叩《たた》き続けた。兄を殺されたのだから無理のないことだとも思えるのだが、社平は生前の宮六とは仲がよくなかったのだ。宮六が死んで、自分が陣代の地位につけたことを喜んでいたくせに、肉親殺しにかこつけて、権力者としての力を見せつけているにすぎなかった。

激しい責めにあうことは、信乃も覚悟していた。

笞の痛みに耐えていた信乃が知りたかったのは、なぜ自分が陣代殺し、親殺しにさせられたのか、その真相だった。

「私は誰《だれ》も殺さぬ！　私が殺したと言うなら、その証拠を見せて欲しい‼」

苦しい息の下から、信乃は言った。

社平が捕吏に何か持って来させた。吊されている信乃の眼の前に、それを掲げて見せる。

「この刀が何よりの証拠だ。この刀は、お前が幼い頃より持っていた刀であろうが。これが殺された陣代さまのすぐそばに落ちていたのだ。これだけの証拠がありながら、しらばっくれるか、犬塚信乃！」

社平は得意気に言った。

「村雨丸⁈」

その刀を見て、信乃は声を上げそうになった。すり替えられた村雨丸がこんなところにあったとは。しっかりと見たが、刀はまぎれもなく村雨丸だった。

「陣代を殺し、自分の養い育ててくれた伯父伯母を殺した大悪人、思い知れ‼」

社平はまた笞を叩きつけた。

「なぜ、私が陣代を殺さなければならぬ。養父母を殺さなくてはならぬのだ‼」

痛みを堪《こら》えながら、信乃は叫んだ。

「お前は、自分の許婚《いいなずけ》の浜路が陣代さまの寵愛《ちょうあい》を受けることになったことを妬《ねた》み、大恩ある養父母を逆怨《さかうら》みして殺し、さらに陣代さまの館《やかた》に乗込んで、陣代さまを斬《き》り、浜路を連れ去ったのであろうが‼」

「陣代さまの寵愛⁈　浜路はそんなことになっていたのか？」

「今さらしらばっくれるな！」

「そういうことか……」

信乃には分かって来た。

蟇六と亀篠がしきりに古河城へ行けと勧めたのも、信乃を浜路から遠ざけるためだったのか。村雨丸をすり替えたのも、古河城から二度と戻って来させないためだったのか。

すべてが、蟇六夫婦の企《たくら》みだったのだ。

しかし、その蟇六夫婦がなぜ殺されたのか。

信乃はふっと、あの時の船頭を思い浮べた。頬《ほお》かむりして、決して顔を見せなかったあの船頭。仲々竿《さお》をさし出さずに、妙な舟の動かし方をしたあの船頭。あの船頭が蟇六・亀篠夫婦を殺し、陣代・簸上宮六を殺し、浜路を連れ去ったのではないだろうか。

信乃は、社平の振う笞のあまりの痛みに気を失っていった。

5

日が暮れてまもなく、問注所の門が音をたてて破れた。

門番がびっくりして、屋敷のなかに逃げ込んだ。破れた門から、太い棒を持った大男と精悍《せいかん》な体つきの男が悠然と入って来た。

現八は、小文吾の後について歩いていた。こんな問注所など、小文吾一人にまかせておけばいい。

小文吾のぶん廻す棒は、驚いて飛び出して来た数名の捕吏など寄せつけず、屋敷の扉も叩き壊し、牢《ろう》に通じる格子戸もあっという間に粉々にしてしまった。

「この男の馬鹿力は……」

現八は、あきれ果てながら小文吾の後について行った。

信乃は、気を失ったまま天井から吊されていた。

現八が縄を切り、信乃を抱え下した。

小文吾が棍棒《こんぼう》をかまえているので、誰も近づいてこない。怪力を見せつけられた捕吏たちは、社平が幾らわめいても、馬鹿力で頭を叩き割られては敵《かな》わないと、声を上げるばかりで一向に近づいて来ない。

現八は、悠々と信乃を介抱した。信乃がひどい目に合わされていることは、元獄吏である現八には分かっていた。信乃の傷に薬草をこすりつけると、裸の体に着物をきせ肩にかついで立ち上った。

「行こうか、小文吾」

気のきいた捕吏が、小文吾めがけて梯子《はしご》を投げつけてきた。

しかし、小文吾が棍棒を叩きつけると、梯子はたちまちにして飛び散り、捕吏たちは一気に逃げた。捕縄が飛んだが、小文吾の棍棒に巻きついてもあッというまにもぎ取られてしまう。捕吏たちは遠巻きにして無駄に声を上げるだけだった。

痛々しい信乃の姿に怒った小文吾が、棍棒を力まかせに叩きつけ始めたので、問注所の壁はたちまちにしてふっ飛び、屋敷全体が揺れた。

社平や捕吏たちも、すっ飛んで逃げた。

現八にかつがれている信乃に意識がもどった。

「現八どの！　小文吾！」

現八が、背中の信乃を振り返る。

「来てくれたのか……」

「少し早いと思ったが、おぬしがどんな目に合わされているかと思うと、じっとして居られなかったのだ」

「もう少し遅かったら、私はあのまま死んでいたかも知れない」

「真相は分かったのか？」

「分かった。何者かが私を罠《わな》にかけた」

そう言って、信乃は突然叫んだ。

「村雨丸?!」

現八にかつがれて、信乃はもう一度奥へ引き返した。

信乃が吊されていた部屋の隣の納戸に、村雨丸は無造作に放《ほう》り込まれていた。信乃はしっかりと村雨丸をつかんだ。

「かたじけない、現八どの」

「こんなへなちょこ役人など、小文吾一人にまかせておけば充分だ」

事実その通りだった。屋敷から出た小文吾に、物蔭《ものかげ》から槍《やり》を投げつけた従卒がいた。その槍は危く小文吾をかすめたが、怒りの声を上げて棍棒を振りかざして向ってくる小文吾を見ると、弓を引いていた従卒も、捕縄や石礫《いしつぶて》を投げようとしていた従卒も、蜘蛛《くも》の子を散らすように逃げ去った。

「替れ、小文吾」

現八が、背の信乃を小文吾におぶわせた。いきなり走り出す。

一目散に逃げて行く従卒の後から、陣代の社平が必死になって走っていく。

「逃げるな！　逃げるな！」

と、叫びながら、自分も転びそうになりながら逃げていく。

現八は、社平を追った。現八の走りは人間業とは思えぬほど速かった。あっというまに社平に追いついた。

「陣代！」

一言呼んで、振り返った社平を横なぎに叩き斬った。社平は声を立てるひまもなく崩れ落ちた。

現八は刀を納めながら、小文吾のそばに戻ってきた。背中の信乃にさりげなく言う。

「私も、そなたと同じ陣代殺しになった」

6

信乃は、小文吾にかつがれて、生まれ育った弥々山家へ急いだ。

九品寺のそばの家には誰もいない。主のいなくなった家は、暗く冷え冷えとしていた。

庭先の桜が、瑞々《みずみず》しい若葉をつけている。

あの日は、桜が満開だった。強い風に、花吹雪《はなふぶき》が散った。

花吹雪のなかで不安気に立ちつくしていた浜路の姿を、信乃は思い出した。

あの時、浜路は何かを感じていたのではないか。我が身にふりかかろうとしている恐ろしい運命を、うすうす感じていたのではないか。だから、あんな風に必死になって、自分に抱いて欲しいとせまったのではないか。

小文吾の背からおりた信乃は、壁によりかかりながら浜路の部屋に入った。

浜路の心の不安を分かってやらなかった自分が腹立たしかった。必死な想いで自分にせまる浜路を、はしたないとさえ思ったのだ。あの時、自分は、仕官することしか考えていなかった。それが、この世で一番大事なことだと思い込んでいた。

浜路の部屋の長持ちが、開け放たれていた。何も入っていない。部屋は荒れ放題に荒れている。

浜路の着物も、大事にしていた置物も、何も残っていなかった。主のいなくなった部屋に何者かが入って来て、そこにあったものを洗いざらい持っていったのだろう。明るく華やいでいた部屋が、見る影もなく荒《すさ》んでいる。

信乃は、よろめくように外へ出た。

現八と小文吾が庭の隅に立っている。二人とも、信乃に声をかけようとはしなかった。

どんな慰めの言葉をかけようと、信乃の哀しみを和らげることは出来ないことを、二人は知っていたのだ。気のすむまでそっとしておこうと思っていた。

旅立つ朝、庭はいちめん桜の花で埋っていた。淡い花びらの敷物を踏みしめるようにして、信乃は一人出かけていった。

「あの朝、なぜ浜路に声をかけてやらなかったのか」

悔まれることばかりであった。

「浜路！」

信乃は叫んだ。声を上げると、体中が痛んだ。今の信乃にとっては、体の痛みよりも浜路を失ったことの痛みの方が、はるかに辛《つら》く悲しいことだった。

弥々山家から出て少し行くと、大きな池があった。百姓たちの大事な貯水池である。

信乃は、幼い頃《ころ》、浜路と一緒にその池で泳いだ。よく魚釣りをした。

信乃は池の傍《そば》に立つと、腰に差した村雨丸をいきなり放り投げた。刀は、池の真中に水しぶきを上げて落ち、沈んでいった。

「何をするんだ、信乃。その刀は、足利家に伝わる宝刀であろうが。父上が大事に守り持ってきた刀であろうが！」

「私はあの刀と浜路を引き替えにしてしまったのだ。あの刀がなければ、私は浜路を失う

自分のしたことが腹立たしくてたまらない

現八は何も言わず、信乃の傍に立った。小文吾も黙って立っていた。

村雨丸が沈んだ池に、静かに波紋が広がっていく。

7

荒川ぞいをあてもなく上った左母二郎たちは、美女木《びじょぎ》というところで宿を取った。林の中の何の変哲もない宿であったが、名前が気に入った。浜路と泊まるにふさわしい場所ではないか。

口に出して言ってみたが、浜路は何も答えなかった。夕暮れが近づくにつれて、浜路はますます表情を固くしていた。左母二郎に抱かれる気になり切れないらしい。困惑した表情が、左母二郎には面白かった。

「そろそろ今日も暮れるな」

わざと言って、浜路の顔を覗《のぞ》き込んだ。

浜路の手をとり細く白い指をもてあそぶ。手を引きたいのだけれども引きかねている浜路の表情を楽しみながら、左母二郎は執拗《しつよう》に指を愛撫《あいぶ》し続けた。

二人が宿に入った時、玄関口の板の間で宿の主人《あるじ》と何か話していた男が、ジロリと浜路を見た。頭を剃《そ》り上げているが、僧ではないらしい。

「泊めてほしい」

左母二郎が主人《あるじ》と交渉している間も、男はずっと浜路を見つめていた。

どんな男でも、浜路を見ると眼が離せなくなる。どこの宿でもそうだった。左母二郎はそのたびに、自分が他の男たちよりも秀《すぐ》れているという誇らしい気持にひたれたのだ。

「主人の話では仲々いい風呂《ふろ》があるそうだ。ひと風呂あびて旅のほこりを落そう」

大した旅をした訳でもないのに、左母二郎は部屋に入るなり浜路に言った。

「私は……」

浜路がか細い声で答える。

「入らぬというのか……旅のほこりにまみれたままで私に抱かれると言うのか？」

「いえ……後で……」

「一緒ではいやなのか？」

わざと顔を覗き込む。

「お許し下さいませ……」

「今宵夫婦《めおと》の契りを結ぶと約束したのだぞ」

「…………」

「夫婦が一緒に風呂に入るのは当然のことであろうが」

「…………」

「契りを結ばぬうちは恥ずかしいと言うのか」

窮地に追い込んだ鼠《ねずみ》を猫がいたぶるように、左母二郎はねちねちと言った。

浜路は顔をうつ伏せたままだ

「仕方がない、私が先に入る。その後ですぐに入るのだぞ」

「はい……」

左母二郎が風呂へ行った後で、浜路はこのすきに逃げ出そうかと一瞬思った。しかし、逃げたところで行くあてもなかった。

女の一人旅が容易な時代ではない。

浜路を縛りつけていたのは、左母二郎が自分の窮地を救ってくれた男だということだった。左母二郎が助けてくれなかったら、今頃、陣代・簸上宮六の屋敷でどんな無残な毎日を送っていたか分からない。

好きになれないからと言って、左母二郎を裏切る気にはなれなかった。

浜路は戸をあけて表を見た。

裏山が夕焼けている。透きとおるような赤さが、強烈で小気味よかった。

窓によりそって、浜路はぼんやりと空を見た。浜路の顔が赤く映える。

「そこの美しい娘さん……」

声がした。

裏庭の林のなかを、一人の男が歩いていた。左母二郎と宿に入った時に、じっと浜路を見つめていた男だった。

「何をぼんやりとしておられる……」

男は丁寧な口をきいてきた。

「何にも……あまりに空がきれいだったものですから……」

「やがて星が出る……いちめんの星が……美しい夕焼けのあとには降るほどの星が出る」

男は空を見ながら、浜路に近づいて来た。

「どこへ行かれる……」

「分かりません」

そう答えるより他はなかった。自分の行く末がどうなるか、まるで分からなかった。

「宿へ入って来られた時、あまりに悲しそうな顔をされていたので気になったのだ」

「………」

「私は、ひとの運命を占うことを身すぎとしているもの。もしよければ、そなたの運命を占ってさしあげよう」

男は、邪気のない素直な眼をしていた。

「でも……私は、お金を持ってはおりません」

「そんなものいらぬ。美しい女《おなご》が悲しい顔をしているのに、私には力にもなることは出来ない。せめて、その行く末を占うことでお役に立てぬかと思っただけなのだ」

「ありがとうございます」

「そなたは美しい」

浜路は素直に手を出した。悪い男ではなさそうだ。どれほどの占師か分からないが、浜路の力になりたいというのは本気らしかった。

男は浜路の掌《てのひら》をじっと見ていた。それから顔をじっと見つめた。

何をどんな風に占うのか分からなかったが、男の眼は真剣であった。浜路の顔を見つづけた。何も言わない。

「何か……」

浜路が聞こうとした時、男がふっと言った。

「流れ星」

「え？」

「光から闇《やみ》へ堕《お》ちる流れ星……」

男は眼を伏せた。

そして、逃げるように浜路の前から去っていった。

8

澄んだ湯の中に、浜路は体を沈めた。宿の規模からすると、立派すぎる風呂だった。

浴槽一杯に澄んだ湯があふれている。底に玉砂利が敷いてあった。ほの暗い浴室のなかでも、澄んだ湯を通してひとつひとつがくっきりと見える。

浜路の白い肢《あし》が、湯の中で鮮やかに映えた。湯を通して見ると、若さがいっそう際立つ。浜路は手で脚を撫《な》でた。すべすべと滑らかな肌だった。

風呂から上って来た左母二郎は、浜路にも入ってこいと命じた。

「亭主が自慢するだけあって、仲々いい風呂だ。体を隅々まできれいに洗ってこい、浜路。今夜は私たちにとって初めての夜なのだからな」

いつの間にか左母二郎は、浜路と呼びすてにするようになっていた。

浴室のなかは、燭台《しょくだい》の火がひとつ燃えているだけだった。湯気が立ちこめているので、浴室はほの暗く曇っている。外から覗き込まれても、裸身を見られる心配はないので、浜路も安心して体を洗うことが出来た。

天井には太い梁《はり》が通っている。横の方に、湯気を逃がすだけの小さな窓が開いている。窓から、空に輝く星が少しだけ見えていた。

「光から闇へ堕ちる流れ星……」

占師だという男の言った言葉を、浜路は思い出した。光とは何か、闇とは何か、浜路には分からなかった。流れ星という言葉が、何か不安なものを浜路に感じさせる。運命が、自分の意志とかかわりなく、暗い空を流れ落ちていくて、素敵なことかも知れない」

浜路は無理に楽しく思おうとした。その時、天井の梁の上で黒い影が揺れた。

湯気の立ちこもる梁の上で、一人の子供がしゃがみ込んで、真下に見える浜路の白い体をじっと見下していた。

「うむ、なかなかいい……」

子供がしわがれた声で呟《つぶや》いた。

小さな体だったが、子供ではなかった。口許《くちもと》にしまりはなく、瞼《まぶた》が眼に垂れ下ってきている。貧相で卑しい顔の小男――毒使いの岩井幻人だった。

幻人は、さきほどから梁にしゃがみ込んで、体を洗う浜路の裸身を見つめていたのだ。しまりのない口許が、ますますゆるんでいた。

「フフフフフ……久しぶりに見ごたえのある女《おなご》にゆき当った、あれなら使えそうだ……フフフフ……」

幻人は嬉《うれ》しそうに笑った。

そんなところに人が潜《ひそ》んでいるとは思いもしない浜路は、ひとときの心地よさを楽しむように、澄んだ湯のなかで白い体を精一杯伸ばし切っていた。

9

浜路が風呂に入っている間、退屈した左母二郎はふらりと玄関の方へ出ていった。

玄関口に囲炉裏《いろり》が切ってある。

天井も床も、囲炉裏の煤《すす》で黒光りしている。囲炉裏にかけた大鍋《おおなべ》で、いい匂いをさせて何かが煮えていた。

「飯はまだか？」

空腹をおぼえて、左母二郎は主人に催促した。

「はい、今すぐ……」

「酒もあるだろうな」

「はい」

左母二郎は満足だった。

気持のいい湯と酒と美しい女、すべてを味わえる今の自分は、この世で一番幸せな男ではないか。

その時、賽子《さい》を転す音が聞えて来た。

隅で、二人の男が賽子を転し合っている。もう一人が傍で見つめていた。

「一転《ぴんころが》しか……子供だましの博奕《ばくち》をしやがる」

奕である。

一人の男につきが廻っているらしく、どんどん勝つ。もう一方の男は、あっという間にすってしまった。

「参った、参った」

小柄でがっちりした体の男が、額を叩いて口惜《くや》しがった。もう一方の体の大きな男は、銭差《ぜにさし》に通した銭をずしりと懐《ふところ》に納めて、

「一《ぴん》があんなに続けざまに出るとは思わなかった……」

と、いかにも嬉しそうな顔になった。

「ひとつ、私も運だめしをして見るかな」

そばで見ていた男が、勝った男に声をかけた。

「やりましょう」

勝った男は坐《すわ》り直した。

新しく入った男に運は廻ったようであった。その男が続けざまに一《ぴん》を振り出し、あっというまにずしりと重い銭差を手に入れてしまったのだ。

新しく入った男は、倍の重さになった銭差を懐に納めて、

「いやあ、これで明日からの旅も楽しめるというものだ」

と、得意気に言った。

左母二郎の心が騒いだ。元来、遊興博奕のたぐいは好きな男だ。あっという間に他人の金を自分のものにしてしまった男を見て、じっとしていられる訳がなかった。浜路とふらふらと旅をしている間に、懐具合も寂しくなってきていた。

「私もやらせてもらえるかな」

左母二郎は、二人から金を巻き上げた顔の長い男の前に坐った。

「よし」

男も坐り直した。

運は先へ先へと流れていくようだった。今度は左母二郎がついたのだ。あっというまに、三人分の賭金を自分のものにしてしまった。

左母二郎は笑いがとまらない。顔の長い男は、一度手に入れた金を左母二郎に巻き上げられて、歯ぎしりをして口惜しがった。

「よし、もう一度やろう」

未練がましく言う。

「まだ銭があるのか、おぬし」

左母二郎が冷やかに言った。

「ある」

顔の長い男は着物の裏の縫い目をひっくり返していたが、やがて掌《てのひら》に鈍く光るものを三左母二郎の手に持たせた。

「これでもう一度やろう」

「いいだろう」

左母二郎も言った。

運に逆っても勝てないことは、これまでの経験で分かっていた。男の持っている銀銭が自分の懐に入るのに、長い時間はいらないだろう。

左母二郎は心の中で笑っていた。

「待ってくれ」

小柄な男が乗り出して来た。

「お前さんがそこまでやるなら、私も運試しだ。もう一度やってみよう」

小柄な男はそう言って、ふんどしの中に縫い込んであった銀銭を出してきた。

「よし！」

体の大きな男も、思い切ったように言った。着物の袖《そで》の縫い目を開いて、同じような銀銭を出してくる。道中万一のことを考えて、それぞれが銭を隠し持ってきているようだ。

「今度は、四人で一緒にやろうではないか。早く一《ぴん》を出したものが四人分をすべて自分のものにする」

「面白い」

小柄な男が震える声で言った。興奮しきっている。

「どうだ、色男。やって見るか」

体が大きな男が、左母二郎に言った。

「当り前だ」

左母二郎は、やる気充分だった。自分が罠にかけられていることなど、少しも気づかなかった。

人のいい旅の商人《あきんど》のような顔をしていた三人の男たちが、眼付の鋭い険悪な顔に変ったことなどまるで気づかず、意気揚々と賽子を転したのだ。

そして、あっという間にすべての銭を失ってしまった。

10

「お前さんには、まだ張るものがあるではないか」

銭をすべて失って茫然《ぼうぜん》としている左母二郎に、顔の長い男がゆっくりとした口調で言った。

「張るもの?! オレは持っている銭はすべて張った」

「お前さんの美しい女房だよ」

三人の男が同時に左母二郎を見た。

「一回勝負だ。やってみる勇気がお前さんにあるかな」

勇気があるかと言われて、ない訳はないだろうと突っぱっていくのは、大体が気の小さい男なのだ。顔の長い男は、左母二郎の性格をよく見抜いていた。有金を巻き上げられてしまった左母二郎は、何とかしなければ旅を続けることも出来ない窮地に追い込まれていた。

「よし、やろう！」

左母二郎は空元気の声を出した。

小柄な男と体の大きな男が、二人に場所を空けた。

二人が順を決める賽子を振る。顔の長い男に二が出、左母二郎に五が出た。

「お前さんからだ」

顔の長い男が、左母二郎に言う。

大きく息を吸って、左母二郎は手に賽子を握りしめた。一《ぴん》を出せば勝負は終りだ。二人の男も息を詰めて見守っている。

左母二郎が振った。

三が出た。

左母二郎が大きく息をついた。

顔の長い男が賽子を拾った。無造作に床に振り出す。

二だった。

左母二郎がもう一度振った。一《ぴん》が出そうになって、ころりと裏返った。

「おお……」

小柄な男が思わず声を出した。

「惜しい！」

体の大きな男も残念そうに言った。

顔の長い男が無造作に振った。

一《ぴん》が出た。

一瞬、沈黙が走った。勝負をしていた男も、そばで見ていた男も、言葉を発しない。左母二郎も、何と言っていいか分からなかった。

「残念だったな……」

顔の長い男が、賽子を懐にしまいながら言った。

「お前の美しい女房は、私のものだ」

「あれは女房ではない！」

左母二郎は、言わなくてもいいことを口走っていた。

「ほう……事情は知らぬが、女房ではないとすれば、なおのこと好都合。よく言いきかせて、明日はお前さん一人で発《た》ってくれ」

11

「逃げよう」

風呂から上って来た浜路に、左母二郎はいきなり言った。

「え？」

訳も分からぬ浜路に、

「悪い男にお前が眼をつけられた。逃げなくては争いになって、人死《ひとじに》が出る」

博奕に浜路を張ったことなどおくびにも出さず、

「お前が美しすぎるから困るのだよ、浜路」

と、左母二郎は色男ぶったことを言った。


日はとっぷりと暮れていた。

闇の中に四人の男がいた。

ひとりは顔の長い男、ひとりは小柄な男、ひとりは体の大きな男。それぞれ左母二郎を「一転《ぴんころが》し」に誘い込んだ男たちである。

真中に幻人がいた。

小さな体で他の男たちを見上げて、偉そうな口をきいた。

「よくやった……あの男は、必ず女を連れてこの路を逃げて来る。男を始末して、女は私の館へ連れて来てくれ」

幻人は、三人の男たちの手に、白い樹脂のかたまりのようなものをひとつずつ与えた。

男たちが競うように口に含んだ。そのままじっと立ちつくしている。

やがて……男たちの顔に恍惚《こうこつ》とした表情が浮んでくる。甘美なものに陶酔しきった顔で、男たちは樹《き》の下に坐り込んだ。

いつの間にか、幻人の小さな姿が消えていた。

左母二郎は、浜路の手を握って林の中を走った。部屋から裏の林に出て、そのまま逃げた。宿のものは誰も気づく気配はなかった。

「オレがおとなしく浜路を置いて出ていくとでも思ったのか。田舎《いなか》もののぼんくら野郎」

左母二郎は繁《しげ》みを下って一本道へ出た。

「無事、逃げられた」

そう思った。その時、前方の暗闇に動くものを見た。左母二郎は身構えて、闇の中を見透した。

動くものは三つの人影であった。それぞれに特徴があった。

「あいつ等《ら》グルだったのか！」

三つの人影に、闇の中をゆっくりと近づいてくる

左母二郎は舌打ちをした。浜路の手をひいていては、速くは逃げられない。闘うより他はなかった。

左母二郎は蟇六を斬った時のことを思い出した。亀篠を斬った時のことを思い出した。簸上宮六を斬った時のことを思い出した。それぞれ、一刀の許に斬り捨てたのだ。

「オレの腕だってそう捨てたものではないのだ。田舎者の博奕打ちなどに負けるもんか」

刀を握りしめながら、左母二郎は自分に言いきかせた。

三人の人間を斬った時、剣が名刀・村雨丸であったことも、相手の油断をついていきなり斬りつけたことも、左母二郎は忘れていた。

三人の男が近づいてくる。

闇のなかにきらりと光るものが見えた。三人共、刀を握っている。

左母二郎が刀を構えているのにもかかわらず、三人の男はまっすぐに近づいて来た。

左母二郎の刀が見えないのだろうか。何かに陶酔しているような顔で、左母二郎の白刃に向って突き進んでくるのだ。

左母二郎は後退《あとじさ》りした。刀を持つ手が震えている。

だらりと刀を下げて、全身から力が抜けたような構えで近づいて来る三人の男に、左母二郎は脅《おび》えきっていた。

「き、斬るぞ！」

すぐ傍に近づいて来た小柄な男の頭上に、思いきり刀を振り下した。闇のなかで、火花が散った。体の大きな男が、あっという素早さで左母二郎の刀を受けとめたのだ。

小柄な男の頭上寸前だった。

しかし、小柄な男は平然とした顔をしている。うっとりと笑っているように見える。そばの二人の男も楽し気に笑っているようだった。

左母二郎はその顔に震え上った。敵う相手ではないとあっさり観念して、

「ま、待ってくれ。オレが悪かった。お、女はお前たちに渡す。命だけは助けてくれ！」

と、刀を放り出して、路に土下座した。命が危いとなるとどんなことでもする男なのだ。

土下座して頭を低く垂れている左母二郎に向って、三人の男の刀が同時に振り下された。

12

冷気が体に流れ込んで来たような気がして、浜路は眼を開けた。

「気がついたか？」

眼の前に、気味の悪い小さな顔があった。

瞼がたれ下って眼を被《おお》い、口許がしまりなく今にも涎《よだれ》をたらしそうに緩んでいる。

浜路の鼻先で、強い匂いのする草を揺すっていた。

「ここは、どこです？」

浜路に刑て起きた

左母二郎が斬り殺され、思わず逃げようとした時、顔の長い男に当身をくわされた。気を失って倒れる浜路の眼に、夜空が一瞬見えた。星のきらめく空に流れ星がひとつ、すーっと走ったのを浜路は覚えている。

現実の夜空に起ったことなのか、意識のない自分の頭の中で起ったことなのか、今となっては定かではなかった。

「ここは、私の館なのだよ」

小さな男は、囲炉裏で焼けている岩魚《いわな》の串《くし》をひっくり返しながら言った。

「私の名は、岩井幻人」

幻人は、焼き上った岩魚を大き目の鉢に入れ、その上から燗《かん》をした酒を注ぎ込んだ。

「岩魚の骨酒……こんなうまい酒の飲み方は他にはない」

幻人は鉢を浜路にさし出した。

「一口飲むがいい。食事をせずに宿を逃げ出したのであろう。すぐに何か食べさせて上げよう」

浜路は首をふったが、

「気つけ薬だと思って、一口だけでも口に含んでみるといい」

と、すすめるので、ほんの少しだけ口をつけた。舌を湿した程度だったが、香ばしい匂いが口一杯にひろがった。

「お前はここから逃げられない」

幻人も酒を口に運びながら言った。

「お前の男が博奕でお前を賭けた。そして負けた。だから、お前はもう私のものなのだよ」

幻人は喉をならして酒を飲んだ。

左母二郎がいきなり逃げようと言い出したことの事情が、浜路に分かって来た。

しかし、眼の前にいる貧相な男はとても博奕打ちの親分には見えない。浜路の坐っている座敷も、閑静で、博奕打ちの家のようではなかった。

「食べるがいい、腹がへったであろう」

火の上で煮えたものを、幻人は鉢に入れてさし出した。山で採れたものを味噌《みそ》仕立てで煮込んだものだった。これも、いい匂いがした。

「私は、お前さんのような美しい女《おなご》が現れるのをずっと待っていたのだ」

幻人は、酒に舌つづみを打ちながら、嬉しそうに言った。貧相な顔が真赤《まっか》になって、一層だらしなく見える。

「この屋敷がどんなところか、明日になったら案内して上げよう。今日はこれを食べてゆっくり寝《やす》むがいい」

の小さい家が樹々の間に点在しているのだ。幻人の住んでいるのも、そのひとつだった。ひとつひとつの家はお互いに離れていて、案内されなくてはとても辿《たど》りつけない。

樹々の間を通って行くと、突然蟬《せみ》の鳴き声がした。

蟬の季節にはまだ早かった。気の早い蟬がどこかで鳴いているのかと浜路は思ったが、

「ミーン、ミーン」

という鳴声は、よく聞くと人間が真似《まね》ている声のようだった。女の声だ。

樹々の中の小さな家の窓を、幻人が覗き込んだ。浜路にも覗けと言う。

窓にはしっかりと格子がはまっていた。

薄暗い座敷に、女がひとりいた。女は柱にしがみついて、しきりに、

「ミーン、ミーン……」

と、蟬の鳴き声を真似ていたのだ。

黒髪が長く背にたれ、まだ若い娘のようであった。

「あの女は蟬になってしまったのだ」

幻人が気味の悪い声で笑った。

樹々の間を通って行くと、同じような家があった。幻人に覗けと言われて、窓のところに立った浜路は、思わず体をこわばらせた。

家の中に全裸の女がいた。若いきれいな体をしている。女は仰向けに寝て肢をひろげ、

しきりに腰を動かしながら、

「ああ……ああ……」

と、喘ぎ続けていた。

浜路にも、女が何の格好をしているのかすぐに分かった。

「あの女は、起きている間中、男と交っているつもりで腰を動かし続けている。そうしなくてはいられないのだよ」

浜路のとまどいを楽しむように、幻人が垂れた眼で浜路の顔を盗み見る。

次の家では、ひとりの女が、犬のように柱につながれていた。首に紐《ひも》が巻かれ、長く伸びた紐が柱に結えつけられている。

女は、訳の分からぬことを言って走りだそうとした。首が柱とつながっているので、たちまちにして仰向けに倒れる。しかし、女はすぐに起き上り、また何か叫んで走り出そうとした。

また仰向けに倒れた。

「あの女には、これを食べさせてみた」

幻人の手に草の葉が握られていた。楕円《だえんけい》型のごく普通の青々とした葉であった。

「これは、ハシリドコロといってな。これを食べたものは訳も分からず走り回るのじゃ。首を結えておかぬとどこかへ走っていってしまう」

浜路が眉をひそめて尋ねた。

「草の効き目が切れるまでだ。しかし、その前に死ぬかも知れんのォ……」

幻人は楽しそうに笑った。

「あの女たちは、ここから逃げ出そうとした女たちなのだ」

幻人は自分の館にもどりながら言った。

「逃げ出した罰に、私があんな風にしてしまった。お前もああなりたければ逃げ出してもいいぞ」

嘘《うそ》だった。女たちは、幻人の毒の実験材料だったのだ。逃げ出そうとして、あんな風になったのではない。

幻人の館に戻ると、一人の娘が待っていた。

愛らしい娘だった。女の浜路でさえ、引き込まれるような魅力があった。小柄な体が生気で満ちている。まっ白い肌が内側から輝いているように見える。

黒い大きな瞳《ひとみ》でじっと見つめられると、浜路も眼が離せなくなった。

娘が笑った。無邪気そのものの笑い。思わず浜路も笑い返していた。しかし、笑顔の無邪気さとは対照的に、娘が体中に漂わせていたものは、むっとするような女の色香だった。

「私の大事な娘だ」

幻人が紹介した。浜路は知らなかったが、娘は、幻人が素藤たちに披露してみせた毒娘だった。全身に毒が廻った娘は、美しさの絶頂にいたのだ。

娘が、浜路をじっと見つめていた。

「きれいなひと……」

そう呟くと、すっと近づいて来た。いきなり浜路の唇を吸った。びっくりする浜路を柔らかく抱きしめて、娘は浜路の唇を強く吸った。

つき離そうとした手が動かなかった。浜路の全身を、甘美なものが走った。甘いいい匂いのするものが全身を包んでくる。

「やめろ」

幻人が鋭い声で言った。

娘は名残り惜しそうに唇を離した。うっとりとした眼で浜路を見ている。

「欲しいのか、この女が？」

幻人が娘に言った。

「欲しい」

娘がはっきりと言った。

「駄目だ」

幻人は言って、白い樹脂のかたまりのようなものを娘に渡した。

「きれいな娘であろう」

幻人が言った。

「ええ」

浜路は素直に答えた。

「私は、お前をあの娘以上に美しくしたいのだ。お前なら可能だ。お前ならきっと、この世のものとは思えぬほどの美しい女になれる。この世のすべての男が魅入られるような女にな。一眼見ただけで我慢出来なくなるような、色香に満ちた女にな」

13

同じ頃、犬山道節と犬坂毛野の二人が、秩父《ちちぶ》から荒川添いに下ってきていた。豊橋の朝倉川で出逢ってから、二人はずっと一緒だった。自分たちと同じ玉を持つ人間たちを探して、諸国をめぐり歩いていたのだ。

何の手がかりもない。

玉にまつわる伝説、民話、人の噂《うわさ》などを聞きつけると、二人は、無駄と分かっていても、そこを訪ねて行った。

不思議な縁でめぐり合った二人だったが、挫《くじ》けそうになる気持を励まし合いながら、諸国をめぐり歩いていた。

「毛野がいなければ、私はとっくに諦《あきら》めてしまっている」

道節は思った。

その思いは、毛野も同じだった。

二人共、自分の命をみずから断とうとした人間なのだ。この世に存在するかどうかも分からない人間を、あてもなく探し続けることなど、一人ではとても長続きしなかった。

二人は、秩父から下野《しもつけ》国の庚申山《こうしんざん》へ向おうとしていた。

秩父の山奥に、不思議な玉を祀《まつ》った神社があると聞いて、はるばる行ってみたのだ。

確かに不思議な玉が祀られていた。

渓流の流れのなかで転り洗われ、岩が丸く磨き上げられていた。完璧《かんぺき》な円型をした岩の玉は、長い時間をかけて自然が作っただけあって、人々が神に祀ろうと思うのも無理もないほど、美しく艶やかな玉だった。

ただ、二人の持つ玉とは、何の関係もなかった。

しかし、その夜の宿を求めた秩父山中の山寺で、道節と毛野は、別の不思議な玉の話を聞いた。

寺の主である僧が、諸国を行脚《あんぎゃ》していた時に、下野国の庚申山の山中に、不思議な玉を持つ夫婦がいるという噂《うわさ》を聞いたというのだ。

それは、小さな水晶のような玉で、見つめていると自ら光を持つようにほんのりと輝くただ、僧が自らの眼で玉を見たのではなく、旅の途中で聞いた噂だから、どこまでが本当だか分からない。

無駄足を踏むことにはすっかり慣れ切った二人だから、ともかくも庚申山へ向うことにした。

14

荒川を下って寄居《よりい》の近くまで来た時、二人は、道にしゃがみ込んでいる老人と出会った。同じ位の老女が、そばで立ちつくしている。

「どうしたのです。怪我《けが》でもしたのですか？」

毛野が声をかけた。

「疲れきってもう歩けなくなってしまったのです」

老女が言った。

「そんなことはない。私は歩ける」

老人は立とうとするのだが、足に力がなくなっている。

「どこまで行かれるのです」

「江南《こうなん》まで……」

「江南なら、もう少しではないか」

「そうなのです。でも、脚が痛くて歩けないと言い出して……」

「わしは、そんなことは言わん。ちゃんと歩ける」

頑固ものらしい老人は、口では威勢よく言って立ち上ろうとする。すぐに顔をゆがめて、しゃがみ込んでしまった。

「今夜の宿まで私たちが送りましょう」

道節が老人に背を貸そうとした。毛野が嬉しそうな顔で道節を見た。

「どこへ行かれる?」

「下野の庚申山まで」

「それでは道が違う」

老人が首をふった。

「私一人のために、お前さん方に寄り道をさせる訳にはいかない」

「日が暮れてしまったら、どうしようもないじゃないの」

困りはてた老女は、道節たちの親切にすがりたがっているのだが、頑固ものの老人は、断固として道節の背に乗ろうとはしない。

頑固な老人を、三人でなんとかなだめすかして背負い、道節たちは江南に向って歩き出した。

「人にすがらなくては歩けないなんて、ほんとに情けない」

ないんですか！」

　老女が、子供を叱《しか》りつけるように言った。

「私たちは山賊にさらわれた娘を助け出しに行くのです」

　江南へ向う道中で、老夫婦は意外なことを話し出した。

「山賊にさらわれたんですか、娘さんが⁈」

　毛野がびっくりして言った。

「はい……遅く出来た娘で、それは大事に育てたのです。おかげさまで立派に育ち、村でも美しい娘として評判が立つほどになっていたのです。それが、ある日……突然現れた三人の男にあっという間にさらわれてしまったのです」

　老女は涙ぐみながら話した。

「その山賊が江南にいるのですか？」

　道節が聞いた。

「いいえ、山賊かどうかは分かりません。ただ、娘をさらっていった三人組とよく似た男たちを江南で見かけたと聞いたので、それだけを頼りに家を出てきたのです」

「剣ですか、それは」

　道節が、老女が大事そうに抱えている細長い包みを見て言った。

「はい……私たちの命はなくなろうとも、何としてでも娘を救い出すと、この人が……」

老女が、道節の背の老人を振り返った。疲れはてた老人は、道節の背で眠ってしまっていた。

「娘さんが、見つかればいいけど……」

毛野がやさしく言った。人の噂を頼りにひたすら歩いているところは、自分たちと似通っていた。


その夜は、道節たちも江南に宿をとることになった。

宿へ着くと、老人はすぐに宿の主人《あるじ》を捉《とら》えて、

「こんな三人組を見かけたことはないか。ひとりは小柄でがっちりとした男、ひとりは体の大きな男、ひとりはひどく顔の長い男だ」

宿の主人はしばらく考えていたが、

「知らぬ」

と、それだけ言った。

その態度を少しおかしく感じた道節が、その夜、主人《あるじ》をつかまえて、

「なぜ、さきほど嘘をついた。本当のことを言わぬとお前の命をもらう」

と、強面《こわもて》で脅しをかけたら、主人は震え上った。

「知っているのだな。その三人組を」

「し、知っている」

「かかわり合いになりたくない種類の男たちなのだな」

「何をしているか分からぬ男たちだ。ときおり、この辺にもふらりと現れる」

「どこに住んでいる」

「し、知らぬ」

道節はわざと剣をつかんでみせた。

「ら、嵐山《らんざん》だ」

主人は慌てて言った。

「嵐山とは？」

「このすぐ近くの山だ。三人共、その山に住んでいるという噂だ。噂だけしか私は知らぬ」

「山賊なのか？」

「分からん。何かに陶酔したような顔でふらりふらりと歩いている。人に悪さをするようなこともない。しかし、気味の悪い男たちなのだ」

主人に聞いたことを老人に話すと、飛び上がらんばかりに喜んだ。

「そうだ。その男たちだ。間違いない。すぐにその山に登ってみる」

「宿の主人の言うことによると、あなた方のように娘を探して来たものが前にもいたそうだ。嵐山を教えると、勇んで登っていったそうだが、二度と戻ってはこなかった。この付近のものも、嵐山には気味悪がって近づかないそうだ」

「娘を探しに来たものがいるということは、そこが山賊の棲《す》み家《か》だという何よりの証拠。娘はきっとそこにいるに違いない」

老人は、すぐにでも発っていこうとした。

道節は、老人をなだめて、

「明日になれば、私たちも一緒に嵐山へ行こう」

と、言った。

「ここまで一緒に来たのです。今さら引き返すわけにはいかない」

「しかし、相手は山賊だから……」

「山賊だから、あなた方だけで行かせる訳にはいかないのです」

道節は笑った。

「ありがとう」

毛野が、道節に言った。

「お前が、私に礼を言うことはない」

「困った人を助けて上げられることが、私は嬉しいのです」

普通の人間とは違った体で生まれて来た毛野だったが、心は人一倍やさしかった。旅すた。

　そのやさしさが、悲劇の因《もと》となった。

15

　嵐山《らんざん》は深山幽谷《しんざんゆうこく》という訳ではない。小高い丘という程度なのだが、雑木が密生していて、踏み込むと道を見つけるのが難しい。

「ナラ茸《たけ》があんなに生えている……」

　老女が樹の根元を指して言った。

「ぜんまいも、うども、わらびも……」

「私たちは娘を探しに来たんだぞ！」

　老人が叱りつけるように言うと、老女はそれ以後何を見つけても黙っていた。

　道節は用心深く登って行った。

　老女の言う通り、この山は一歩踏み込むと食用になる茸《きのこ》や山菜の類《たぐい》がおびただしく生えていた。ということは、誰も採るものがいないということだ。

「この地方の人間は、あの山へは決して近づかない」

　宿の主人の言ったことは本当らしかった。

　雑木をかきわけるようにして登っていくと、一本の大きな楢《なら》の木があった。枝から、枯れた幹のようなものが一本の紐でぶら下げられている。

何かの眼じるしだろうかと、道節が幹に手をふれようとして、思わず手を引いた。

楢の木からぶら下っていたのは、枯れた幹ではなく死んだ人間だったのだ。乾き上って木乃伊《みいら》となった人間が、枝から逆さに吊り下げられていた。

思わず立ちつくした四人に向って、木乃伊の眼がジロリと動いた。

老女が悲鳴を上げて夫にしがみついた。

「い、生きている……」

木乃伊の窪《くぼ》んだ眼から、一匹の甲虫《かぶとむし》が出て来た。

「死んだ人間が吊されて雨風にさらされていれば、肉は腐り落ちて白骨となるはずだ」

道節が、じっと木乃伊を見上げていた。眼の前にぶら下っているのは、乾き上った人間だった。

少し登ったところに、もう一体、今度は槍で樹の幹に串刺《くしざ》しになった木乃伊があった。その体内は、動物たちの格好の棲み家なのだろう、両の眼からぬるりと小さな白い蛇が出て来て、老女や毛野を脅え上らせた。

「ここからは、私一人で登る。あなた方は宿に戻って待っていて下さい。娘さんがいれば必ず助け出して宿へ連れていく」

危険を感じた道節が、老夫婦に言った。

「この山は普通の山ではない。これ以上登るとどんな危険が待ち受けているか分からない」

「危険などは承知の上のこと。私たちは命を失ってもいいという覚悟で家を出て来たのじゃ」

老女もうなずいた。

「あなた方がいては足手まといになる。私たちにとっても危険なのです」

道節は、はっきりと言った。何が起るか分からないこの山で、足の悪い老夫婦を庇《かば》いきれないと感じていた。そんなことをしていては自分の命も危い。

老夫婦は黙り込んでしまった。

心残りの気持は、道節にもよく分かった。しかし、二人の気持に寄り添っていたら、全員が命を捨てるはめになりかねない。正体も分からぬ敵と闘うには、身軽であることが第一の条件なのだ。

「毛野、お前も宿に戻っていなさい」

「私は行きます」

「駄目だ」

「私は、どこへ行くにもあなたから離れない。そう心に決めたのです」

毛野はまっすぐに道節を見た。

「決して足手まといにはなりません。私も一緒に行きます」

「分かった」

毛野が嬉しそうに笑った。その笑顔が、道節は、いとおしくてたまらなかった。

16

引き返すことを拒んでいた老人を、脅すようにして山から降した道節は、毛野と二人で山を登っていった。

雑木の密生する斜面をよく見ると、枝が払われた跡があり通路のようなものが出来ていた。ただ、雑木の間から、何が飛び出して来るか分からない。道節も毛野も、左右に気を配りながら登っていった。

突然、毛野が、

「きゃッ‼」

と、悲鳴を上げた。

毛野の体が宙に飛んだ。逆さになったままで、空中に飛び去って行く。

「毛野！」

毛野の体が宙吊りになっていた。片足を蔓《つる》のようなものに巻きつかれ、樹からぶら下っていた。

「大丈夫か、毛野！」

「はい！」

おそらくさきほどの木乃伊は、一人で山に登ったものが、同じ仕掛けで樹から逆さ吊りにされて、助け降してくれるものもいないまま、死んで乾《ひ》からびてしまったのだろう。

「今、助ける……」

道節は樹に登っていった。

毛野の体を跳ね上げた細いしなやかな枝の上を、這《は》うようにして進んでいった。刀を伸して毛野を吊している蔓を切ろうとして、道節は迷った。蔓を切ると、毛野はまっ逆さまに地面に落ちていく。

「大丈夫です、道節さま。私は小さな頃から軽業できたえているのです」

毛野が逆さまのままで笑った。事実、道節が蔓を切ると、頭から地面に落ちていった毛野は、巧みに一回転して地に降り立ったのだ。

「見事だ」

道節が言うと、毛野は嬉しそうに笑った。

二人は、手頃《てごろ》な枝を手にして、一歩一歩這うようにして進んだ。まわりを払い、地面を叩いて安全と分かってから進む。どんな罠が仕掛けてあるか分からない。

確かに、足に喰《く》い込むような獣《けもの》用の鉄の罠があり、竹槍が刺った落し穴があり、眼に見えない霞網《かすみあみ》があり、枝を払うと、槍が雑木の中から飛び出す仕掛けもあった。

「老夫婦を置いて来てよかった」

道節は心から思った。


ある地点から、急に仕掛けが少なくなった。

「頂上が近いのだ」

道節が言った。

その時、突然、雑木が騒《ざわ》めいた。

「道節さま！」

雑木の中から、体の大きな男が刀をふりかざして飛び出して来た。

道節が体をひねるようにして剣を抜き、危いところで男の刀を受けとめた。

「うしろだ、毛野！」

道節は叫んだ。体をひねった瞬間、反対側の繁《しげ》みの中でちらと動くものを見たのだ。

雑木のなかから、小柄な男が槍《やり》を手に飛び出してくる。毛野が飛んだ。

張り出していた枝に手をかけると、宙返りをして枝の上に立つ。瞬間、きらりと光るものが毛野の体から飛んだ。

「ううッ！」

いつか毛野が言っていたことを、道節は思い出した。次の瞬間、毛野は枝から地に飛んでいた。体から糸をひくように白く光るものが飛ぶ。

「うッ！」

道節の耳の後で呻き声がした。

背後から道節を襲おうとした顔の長い男が、顔を押えて呻いている。右眼に白く光るものが突き刺っていた。よろめく男を、道節は叩き斬った。隙をついて斬りつけて来た体の大きな男も一気に叩き斬る。

「危いところだった……」

倒れた男の右眼に刺っている細い剣を見ながら、道節が毛野に言った。

「いつの間にこんなものを用意したのだ」

「昨夜……宿で……手頃な金串《かなぐし》があったので黙って貰《もら》ってきたのです」

毛野が笑った。

「道節さまの足手まといにはなりたくなかったから」

「足手まといどころか、命を助けられた」

「私がついて来てよかったのですね」

「もちろんだよ。相手の男たちも、可愛い顔をした毛野の手から、あんなものが飛んで来るとは思わず、不意打ちをくらったのだろう……それにしても見事な早技だった。私も、これから少し、毛野に武術を教わらなくてはならぬな」

「そんな……」

毛野が紅くなった。歩き出す前に、自分が倒した男たちをもう一度見た毛野が、脅えた声を出して道節にすがりついた。

「どうした?」

「あの男たちの顔……」

道節も倒れている男たちの顔を見て、思わず立ち竦《すく》んだ。斬られて死んでいったくせに、三人の男たちは、うっとりと陶酔した顔をしていたのだ。

「この山は一体何なのだ……」

道節は先を見つめた。

17

少し歩くと、平らな路になった。頂上らしい。

三人の男以外、誰も現れなかった。繁みの中を歩いて行くと、蝉の声がした。

「あ、蝉がいる……」

毛野が言った。

「蝉ではない。誰かが真似をしているのだ」

もうひとつの家で、腰を動かし続けている裸の女もいた。もうひとつの家には、首に紐を巻かれ柱につながれた娘が倒れていた。もう息がなかった。

「山賊の棲《す》み家にしては様子がおかしい……」

道節と毛野は、他にも女がいるかも知れないと、繁みの中を探し歩いた。

少し大きな家があった。道節と毛野が押し入ると、一人の女が立ち上った。愁を漂わせた美しい娘、浜路だった。

「一人か……」

道節が尋ねた。

浜路が答えるより前に、毛野が叫んだ。

「誰かがいる！」

いきなり座敷を横切って走り出していた。

反対側の戸口から表に飛び出す。

「用心しろ、毛野！」

道節も叫びながら後を追った。

毛野は繁みの中を驚くような速さで走った。家の向うをチラと走った人影を眼ざとく見つけていた。

館から、幻人が毒娘を連れて逃げ出したのだ。

「相手の通った後を走れ、毛野！」

道節が走りながら叫んだ。どこにどんな罠が仕掛けてあるか分からない。

毛野は繁みを走った。

子供が、小柄な女の手を引いて走っている。毛野は、幻人のことを子供だと思ったのだ。

「逃げるな！　お前たちを助けに来たのだ！」

子供は、自分より背の高い女を引きずるようにして走っていく。

毛野が追いついた。子供が振り向いた。

「子供ではない?!」

毛野が思った瞬間、幻人の口にあてた細い竹筒から、何かが毛野めがけて飛び出して来た。

吹矢が毛野の頬に突き刺る。チクリと痛んだ。

毛野の手から、手裏剣《しゅりけん》が幻人めがけて飛んだ。幻人の小さな体が宙に飛んだ。

手裏剣が樹に突き刺る。毛野の手が、最後の手裏剣をつかんだ。その手が急に痺《しび》れる。

手だけではなかった。全身が異様に痺れて、毛野はそのまま前のめりに倒れた。

「毛野！」

毛野は意識を失っていた。全身が震えている。

「毛野‼」

「毒矢です」

毛野の体の下に、小さな吹矢が落ちていた。

「毒矢？」

「あの人は毒使い……」

「毒使い？」

道節は改めて毛野を見た。毛野の唇がわなわなと震えている。道節は毛野を抱え上げた。

「お前もさらわれて来たのか！」

浜路がうなずいた。

「ついて来い！」

道節は走り出していた。繁みのなかの小さな家で鳴き続けている女のことも、全裸で腰を揺すり続けている女のことも、道節の心から飛び去っていた。

「毛野が死んでしまう！」

それしかなくなっていた。

道節は、もと来た路を飛ぶように下った。

浜路も必死でついて来る。少しずつ遅れる。女を山中に放り出していく訳にもいかず、道節はじれったい思いでとにかく山を降りた。

里の道へつくと、

「私は医者を探す。お前は江南の宿へ行って皆に知らせろ！」

道節は、浜路に叫んで、毛野をかついで走り出した。こんな村に医者がいるかどうか分からない。誰かに診《み》せなくては毛野が死んでしまうのだ。

道節は、最初に見えた百姓家の戸を思いきり叩いた。

「医者の心得のあるものが、どこかにいないか！」

百姓は、可憐《かれん》な美少女をかついだ男が血相をかえて怒鳴るのに驚いたが、

「村の病人は常楽寺《じょうらくじ》の玄明《げんみょう》さまが診て下さる」

「どこだ、常楽寺というのは！」

百姓が教えようとするのももどかしく、道節は百姓の手を引いて走った。百姓も驚いたが、道節の急《せ》く気持が乗り移ったのか、やがて先頭になって走って、

「玄明さま！　玄明さま！」

と寺へ走り込んで行った。

玄明という坊主は、毛野を診て、

「これは痺れておるな」

と、気の抜けた声で言う。そんなことは分かっているので、

「だから連れて来たのだ！」

「一寸待ってらっしゃい」

と、表へ出ていってしまった。

そのまま帰ってこないので、たまらなくなった道節が後を追って出て行くと、玄明は寺の裏の林の中をのんびりと歩いている。

「何をしているのだ！」

道節はまた怒鳴った。

「草接骨木《くさにわとこ》を探しておる」

と、玄明は言って、

「あ、あった、あった！」

と、紅い小さな実を一杯につけた細く長い草を根本から折った。

「それが効くのか、痺れに」

「煎《せん》じて飲ませれば効く」

「もし効かなかったら⁈」

「その時には、死ぬ」

玄明はあっさりと言った。

18

江南の宿へ着いて、道節たちに助けられたことを浜路が話すと、道節たちの帰りを待っていた老夫婦が、転びそうになりながら宿を飛び出していった。

宿の主人も、近くの若いのを引き連れてその後を追った。

皆が行ってしまうと、浜路はどうしていいか分からなかった。

「どこから攫《さら》われて来たの？」

宿の女主人に聞かれて、これまでの経緯《いきさつ》を話すのも厭《いや》だったので、

「武蔵国の大塚の里です」

と、言うと、

「そんなところから……」

女主人は痛ましそうな顔になって、

「早く親許へお帰り」

と、路銀と旅装束を貸してくれた。

宿の女主人は、このあまりにも美しすぎる女に不安なものを感じたのだ。浜路はただ姿形だけではなく、その肌も内から輝くような異様な美しさを持っていた。

こんな女を置いておくと男たちの揉《も》め事の因《もと》になる。女主人は自分のところから早く浜路を出してしまいたかった。

浜路は、大場の里へ帰る気になれない
どこへ行くあてもない浜路は、自分を助けてくれたあの男女のところへ行ってみようと思い、宿の女主人に丁重に礼を言って、もう一度嵐山の里へ向った。

出ていく浜路を、宿に泊っていた一人の老婆がじっと見つめていた。皺《しわ》だらけの顔のくせに、眼つきだけは鋭い老婆であった。

嵐山まで戻った浜路は、出会った百姓に医者の心得のあるものを尋ねた。

その百姓も常楽寺を教えてくれた。

毛野が、意識を失ったままでいた。道節が必死に見守っている。

「後は、運を天にまかせるだけだ」

玄明が一心にお経をあげていた。のんびりした口をきいてはいるが、玄明の手当ては真剣だった。お経を上げる声にも気持がこもっていた。

「これからどうする？」

玄明の経を聞きながら、道節が浜路に聞いた。毛野が生きるか死ぬかの瀬戸際にいたので、浜路どころではなかったのだ。

浜路にもその気持が分かったので、

「家へ帰ろうと思います」

「そうしてくれ……」

道節は言って、全身を震わせている毛野の顔を心配そうに覗き込んだ。

浜路は、道節に礼を言って常楽寺を出た。その言葉にも、道節は上の空で答えた。

「あの二人は一体どういう関係なのだろう。あんなに心配してくれる人がいるなんて、あの娘さんは何と幸せな人なのだろう」

寺を出ても、浜路はそう思い続けていた。

毛野が吹矢に射《う》たれていなかったら、浜路は、道節たちと山を降りることになったに違いない。同じ宿で一夜をすごすことになったかも知れない。道節たちは、自分たちがどこへ行こうとしているか浜路に話しただろう。そうすれば、道節たちが探し求めているのと同じ玉を、浜路も肌身はなさず持っていることが分かったのだ。信乃からもらったお守りを、浜路は、左母二郎にも見つからないように着物に縫い込んで持っていた。

浜路は、名さえ名乗りあわず道節たちと別れてしまった。

どこへ行くあてもなかった。ただ足が動くから歩いているだけだった。

幻人は浜路に何もしようともしなかった。朝夕、きちんと食べものを与えてくれただけだ。

何が入っているか分からない料理であったが、ひどく美味《おいし》かった。数日たつと、浜路は体に力が満ちて来るような感じをおぼえた。肌が、内側から輝いてくるような気がした。

浜路は、あの料理をもう一度食べてみたいと思っている自分に気づいて愕然《がくぜん》とした。

「もう一度あの寺に引き返そう」

と、浜路は思った。そこに自分の居場所はないことは分かっている。

「邪魔と思われてもいいから、とにかくあの人たちと一緒に居よう」

浜路が向きをかえて歩き出そうとした時、眼の前に一人の老婆が立っていた。

「どこへ行くんだい？」

老婆はやさしい声で聞いた。

「………」

浜路は何と答えていいか分からなかった。

「お前さん、ひょっとして行くあてがないのじゃないのかい？」

「え……？」

「お前さんの後姿を見てそう思ったんだよ。あてのある人間の歩き方じゃなかったからね」

老婆は笑った。

「もしよかったら、私と一緒に旅をしておくれではないか。私は羽生《はにゅう》まで行くんだよ。ずっと一人旅で心細くてしようがなかった。お前さんが一緒に来てくれると、どんなに心強いか分からない」

「………」

「お前さんにどんな事情があるのか、私は聞かない。羽生についたら、先々のことは相談に乗ってあげよう。この老婆を助けると思って、一緒に来ておくれではないか」

老婆はすがるように言った。

浜路は迷った。老婆にせがまれても、常楽寺に引き返したい気持は強かった。

「でも……」

浜路はふと思った。

「あの二人にはきっと行く処《ところ》があるのだろう。私がついて行く訳にはいかない。二人が行ってしまったら、一人残されて、その時はどうしたらいいのだろう」

その一瞬が、浜路の光と闇との岐《わか》れ道だった。

「光から闇への流れ星」

それが浜路の運命なのだろうか。

「お婆ちゃんと一緒に行くわ」

浜路はそう言って歩き出したのだ。

「ありがとう、ありがとう」

老婆は何度も頭を下げた。涙ぐみさえもした。涙の下の老婆の眼が一瞬狡猾《こうかつ》に輝き、自分の全身を値ぶみするかのように上下に走ったのに、浜路は気づかなかった。

第十章　庚申山《こうしんざん》の妖怪

1

道節と毛野は、庚申山へ急いだ。

毛野の全身の痺《しび》れは、三日たつとすっかり治った。元通りに口もきけるようになった毛野を見て、道節は、嬉《うれ》しさのあまり玄明和尚《おしょう》に軽口を叩《たた》いた。

「和尚の煎《せん》じ薬が効いたのか、それともお経の効き目があったのか？」

玄明は真剣な顔で、

「もちろん両方じゃ」

と、言った。

嵐山から助け出された、「蟬《せみ》」になった娘と、幻の男と交り続ける娘も、玄明が預かることになった。

「治る見込みはあるのか？」

道節が聞くと、

「それは天の知るところ」

と、玄明は眼《め》をとじた。

犬のようにつながれて死んでいった娘が、老夫婦の一人娘だった。二人の悲嘆は見るも哀れであったが、死んでいた方がよかったのかも知れない。娘が柱にしがみついて鳴き続けていたり、全裸で腰を揺すり続けているところを発見していたら、二人は一体どうなっただろうか。

「あの女《ひと》はどうしたのですか？　あの美しいひとは」

毛野が、浜路のことを思い出した。

「親許《おやもと》へ帰ったそうだ」

宿の主人《あるじ》が言った。

「一人でですか？」

「そうらしい」

「無事だといいけど……」

毛野が心配そうに言った。名乗りあわずに別れてしまったことが心残りだった。

道節と毛野が常楽寺を出ると、玄明和尚が追いかけて来た。

「一寸《ちょっと》聞きたいことがあるのだが……」

道節を呼びよせて、小声でささやく。

「何ですか、和尚？」

「毛野がどうかしましたか？」

「あれは確かに妹であろうな、弟ではないだろうな」

さすがに医術の心得のある玄明だった。見る眼は鋭かった。

「なぜそんなことを言われる」

道節の表情が尖《とが》った。

「いや、一寸そんな気がしただけだ」

「妹です」

道節は怒ったように言った。

「そうか……いや、変なことを聞いて申し訳ない」

玄明は禿頭《とくとう》をかきかき走っていった。

毛野のところに道節がもどると、

「和尚さん、何を言っていたのですか？」

毛野が聞いた。

「大したことではない」

道節は、毛野の肩を抱いて歩き出した。

毛野の宿命のことを、道節はしばらく忘れてしまっていた。毛野がたまらなく愛《いと》おしくなる。道節が強く肩をつかむので、毛野が訝《いぶ》かし気な顔で道節の顔を見上げた。

二人は、前橋《まえばし》、桐生《きりゅう》を過ぎ、渡良瀬川をさかのぼって下野国・足尾《あしお》の里に辿《たど》りついた。足尾の里から十町（約一キロ）程行くと、庚申山の山路《やまみち》にさしかかる。まだ陽《ひ》も高かったから、しばらく休んでいこうと茶店に腰を下すと、軒に吊《つる》した売草鞋《わらじ》の間に六、七張の半弓が掛けられている。

茶店の老爺《おやじ》が、聞いて来た。

「これから庚申山に登るのかね？」

「そうだ」

と、答えると、

「ぜひこの弓矢を買っていった方がいい。それとも道案内を雇うかしなければ駄目じゃ」

弓矢と道案内を押売りされているような気になり、

「妖怪《ようかい》でも棲《す》んでいるのか？」

と、からかい気味に言うと、

「そうじゃ」

茶店の老爺は真面目《まじめ》な顔で言った。思わず毛野が笑うと、老爺はなおも言う。

「そうやって笑いなすった旅の人は何人もいた。しかし、誰《だれ》も二度と戻って来なかったのじゃ」

「そこでも同じような言葉を聞いた。あの山に登って二度と戻って来たものはいないとな。しかし、実際に山に登ってみると、山賊などはいず、三人の男と子供のような男がいただけだったのだ。山路に様々な仕掛けを作って、人を寄せつけないようにしていた。妖怪などというのも、しょせんそんな類《たぐい》であろう。何らかの目的で人を山に入れまいとする人間が、旅のものを怖がらせているだけのことだ」

道節にぴしゃりと言われて、老爺は黙り込んでしまった。

毛野が、少し可哀《かわい》そうに思って、

「妖怪の姿を見たものはいるのですか？」

と、聞くと、

「見たものはおる。しかし、見た後《のち》に生きて帰ったものはいないから、妖怪がどんな姿をしているかは分からん」

と、心細い答えが返ってくる。

「妖怪というものは得てしてそういうものだ。噂《うわさ》だけは大きく立つが、誰も見たものはおらぬ。人は勝手に想像して怖《おそ》れるのだ」

道節は銭を置いて立ち上った。

「弓矢をお買い求めなすった方がいいのに……」

老爺はまだぶつぶつ言っていた。

「こちらも裕福ではないゆえ無駄金は使えぬのだ。許せ、老爺」

道節は、おどけて言って茶店を出た。

茶店の前で老爺がいつまでも心配そうに見送っているのを見て、毛野は、老爺の話が本当のことに思えてきた。毛野の前に突然現れ、毛野のすべてをむさぼり尽し、毛野の最後に残った生きる力を奪い去っていった妖之介という男は、まさに人間の形をした化物だったのだ。人間の形をした化物がいるのならば、人間の形をしない妖怪がいてもおかしくはない。

素直に老爺の言うことを聞いて弓矢を求めればいいのにと毛野は思ったが、口には出さなかった。

2

しばらく歩くと峠《とうげ》に出た。

峠から、銀山平《ぎんざんだいら》まで下る。沢伝いに歩いて行くと、巨大な石の門があった。自然に出来た石門で、これを庚申山の胎内《たいない》くぐりと土地の人は言った。石門をくぐると、仁王像とよく似た巨石が左右に並んでいる。

さらに歩いていくと、大小の石門があり、しぶきを上げる滝もあり、目のくらむような谷にかかる石橋あり、下野国に庚申山ありと言われるだけあって、天然自然の造化はなかなかの絶景だった。

この調子なら、二人が訪ねようとしている返壁《たまかえし》の里へ、日が暮れるまでには着けるだろう。涼し気な洞穴《どうけつ》があったので、二人は一休みすることにした。洞穴の前には大きな椎《しい》の木があり、青葉が心地よく風に揺れていた。

「妖怪が出るというから、怖ろし気な山かと思ったが、なかなか結構な山だな」

道節が軽口を叩いた。

毛野と出逢《であ》ってから、道節は口数が多くなっていた。近頃《ちかごろ》は、戯《ざ》れ言《ごと》や軽口のたぐいも言うようになった。

毛野を思うためだった。口数が少なく、すぐ淋《さび》し気な顔になるこの美少女を、元気づけてやりたいと思ったのだ。持って生まれた不幸はどうしようもなかったが、毛野に生きる力を与えてやりたかった。

道節自身、妻を失い、我が子の首を自らの手で刎《は》ねるという悲運にみまわれていたが、毛野に出逢ってからは、自分の悲運を忘れていた。

「私は水月流という武術の師範だったのだ」

道節は、毛野に言った。

「落着いたら、水月流の武術を教えて上げよう」

毛野は黙っていた。

「己の悲運とは自分で闘うより他はないのだ。そのためには強くならなくては」

毛野を励ますために言った自分が、毛野に危ういところを助けられるとは。自分自身を嘲《あざけ》りたくなるところなのだが、道節は不思議に爽《さわ》やかな気持だった。毛野に命を救われたことが、とても嬉しかった。自分と毛野が、強い絆《きずな》で結ばれたような気がした。

「私が毛野に武術を習わなくてはいかんかな」

道節はまたふざけて言った。毛野が赤くなる。

「あれは見世物《みせもの》小屋で教えられたこと、武術なんかではありません。いつか本当の武術を教えて下さい」

毛野の声が少し明るくなっていた。

「そろそろ行こうか？」

「はい」

道節に続いて歩き出そうとした毛野の足が、ふと止った。洞穴の中を見つめている。

「どうした？」

「あれは、何なのです？」

毛野が洞穴の暗闇《くらやみ》を指さした。

暗闇の中に小さく光るものがあった。二つ並んで少しずつその大きさを増して来る。光の強さも増して来る。

道節も不思議に思って、一歩洞穴に近づいてなかを覗《のぞ》き込もうとした時、

「助けて‼」

毛野の声が洞穴に、こだました。

「毛野‼」

道節は慌てて毛野を追った。

毛野が宙に浮いたまま洞穴の奥に吸い込まれていく。

「毛野‼」

毛野は、光る二つのものの方へ吸い込まれていく。

「毛野ッ‼」

一寸先も見えない暗闇をものともせず、道節は走った。

3

何ものかに体をつかまれていた。黒い紐《ひも》のようなものが体に巻きついたかと思うと、あッというまに洞穴に運び込まれたのだ。

道節の方からは、毛野の体に巻きついたものが見えなかったので、毛野の体が宙に浮き、洞穴の奥に吸い込まれていくように見えたのだ。

もう一本、細く黒いものが、毛野の首に巻きついて来た。びっしりと短い毛が生えている。またもう一本、同じような毛の生えたものが、毛野の足にからみついてきた。

身動き出来なくなったまま、宙に光るものの方に運ばれていく。光るものは大きくなり爛々《らんらん》と輝いた。

動物の眼だと、毛野は思った。体にからみついているのは動物の脚だと。

どんな動物にせよ、信じられないほど大きかった。

毛野の眼の前で、暗闇が割れた。真赤《まっか》なものが暗闇にひろがる。

濡《ぬ》れて光っている。濡れて真赤なものが大きく裂け、毛野はすぐそばに運ばれていった。

生温かく、生臭い匂《にお》いがした。

動物の口だと思った瞬間毛野は、その口に向って運ばれていった。

何か分からないが、無数の黒いものが毛野の体に巻きついている。暗闇のなかの赤い口の方へ運ばれていく。

道節は刀を抜いた。毛野のところへは届かない。

弓矢を買ってこなかったことを後悔した。弓矢なら、あの光るものを射ることが出来たかも知れない。おそらく動物の眼だ。眼を射抜くことが、生きものには一番の打撃になる。

道節は、剣を逆手《さかて》に持って、光る眼めがけて投げつけようとした。しかし、刀が眼に刺さる可能性は万に一つだ。

「助けてッ‼」

道節は走った。

洞穴の中は何も見えない。

奥には何があるのか分からない。

生暖かい風が吹きつけてくる。

道節は走った。

奥に妖怪がいるのなら、その体に当るはずだ。どんな形をしているのか分からないが、妖怪の体にぶち当れば何とか手は考えられる。自分がどうなるか分からなかったが、それ以外に方法はなかった。

道節はひたすら走った。体が弾力のあるものに突き当り、ひっくり返った。

弾力のあるものは、ざらりとしており、むっとするほど生温かい。どんなものか、どのくらいの大きさなのか、暗闇のなかではまったく分からないが、生きものの肌らしいことだけは分かった。

道節は両手で刀を持ち、思いきり突き刺した。

跳ね返された。切先の通るような柔《やわ》なものではない。

どうしていいか分からなかった。ただひたすらに妖怪の体に刀を突き刺し続けた。

その時、体に何かが巻きついた。宙に運ばれていく。

化けものは、やたらと体を突つくものに煩《わず》らわしさを感じたらしい。自分の体を突ついてくるものが何か、見ようとしているのかもしれない。

宙でもがいている毛野の姿が、道節の眼に映った。

道節も、光る大きな眼の方に運ばれていく。道節は、両手でしっかり剣を握った。この機会を逃しては生きる望みはない。

道節の体が大きな光る眼に近づく。

光る眼に向って、刀を力一杯突き刺した。一瞬跳ね返されそうになったが、渾身《こんしん》の力が打ち勝ったのか、刀がずぶりと眼を貫いた。

異様な叫び声が、洞穴を揺がせた。

道節は宙に放《ほう》り出されて、そのまま落下した。

大きな叫び声が轟《とどろ》いて、洞穴全体が揺れる。

道節の体をかすめて、黒く太い脚が地に叩きつけられた。

地が揺れた。

砂嵐《すなあらし》が巻き上った。

天井の岩が砕けて降ってくる。

洞穴全体が地響きを立てて揺れる。

眼を刺された化けものが、狂ったように暴れていた。

「毛野‼」

意外にもすぐそばで声がする。

「どこだ!!」

毛野の居場所を見つけようとして道節は、妖怪の脚に薙《な》ぎ払われ、岩肌に叩きつけられた。

「ここだッ!!」

「道節さま!!」

痛みをこらえながら、道節は必死で叫んだ。

洞穴のなかは、もがき狂う妖怪の脚で大嵐になっていた。岩壁が砕けて、岩が降りそそいで来る。風が巻き起り、降下した岩石が吹き上げられて飛ぶ。

暗闇のなかでは、避ける術《すべ》もない。無数の岩石に体を叩かれ、身動きもならなかった時、道節の脚を柔らかいものがつかんだ。

「道節さま!!」

毛野の手だった。

「毛野!!」

暗黒のなかで、道節は、毛野の体をしっかりと抱きしめた。黒い脚が岩肌を叩く。岩肌が砕けて岩が落ちた。

二人の体の上に、細い雨のようなものが降り注《そそ》いできた。雨水は粘りつき、二人を身動き出来ないようにする。手で払えば払うほど、粘り気を増してからみついてきた。

このままでは動けなくなる。

「走れるか、毛野‼」

「はい」

「行くぞ！」

道節は走った。毛野の手をしっかりと握りしめて走った。暴れる長い脚に足を払われて倒れる。

砕けた岩が落ちてきた。

毛野の体に被《おお》いかぶさるようにして、道節は岩を避《よ》けた。大きな岩が背に当り、道節は悲鳴を上げた。

「大丈夫ですか?!」

「大丈夫だ‼」

起き上ろうとしたところに、細い雨が降り注ぐ。雨水がからみつく。必死でふり払っているところを、黒い脚が叩きつけてきた。

二人共、物凄《ものすご》い勢で地面に叩きのめされた。息がつまった。体が潰《つぶ》れたと思った。

「大丈夫か、毛野?!」

返事がない。

「毛野

と叫んだ

「はい……」

小さな声がやっと返って来た。

「走るぞ！」

「はい……」

ここから逃げ出さなければ死ぬ。道節は、毛野の手をつかみ、ひきずるようにして走った。

毛野も走る。表の光めざして、手を握りしめながら走った。

表に飛び出しても、二人はそのまま走った。樹々《きぎ》のなかを走り、小川のせせらぎに辿りついて、やっと立ち止まった。

「助かった‼」

お互いの顔を見つめ合い、しっかりと抱き合った。

無残な姿になっていた。衣服は破れ、髪は乱れ、体は傷だらけで、血が噴き出していた。

しかし、二人は、不様な姿を笑い合うだけの余裕を取戻していた。

体中に細い糸のようなものが付着している。手に取って見ると、気味悪く粘る。

「蜘蛛《くも》の糸ではないですか？」

「そうらしい……」

あの妖怪は蜘蛛なのだろうか。しかし、得体が知れないほど大きかった。

澄んだせせらぎの水で、二人は傷口を洗った。水の冷たさが傷に染みる。痛みが心地よかった。

「助かったな……」

道節は、毛野を見て笑った。

「はい」

毛野も笑った。

毛野が初めて見せた、心からの笑いであった。

4

夕暮れ近く、二人は返璧《たまかえし》の里に辿りついた。

渓流に沿って細い道を行くと、山峡にひらけた平地に出た。夕餉《ゆうげ》の煙が立ち昇っているのが遠くに見える。

里に入ってすぐ、繁みの下に小さな草庵《いおり》があるのを見つけた。

方丈のささやかな庵《いおり》だが、整えられた柴垣《しばがき》に囲まれている。萱《かや》の軒に丸太の柱、粗末だが心のこもった草庵だった。

どこからともなく香《こう》が漂ってくる。足をとめると、方丈の庵のなかで人影が動いた。

垣根《かきね》越しに覗くと、庵の中に、年は二十一、二であろうか、眉《まゆ》秀でて背丈の高い若い男が、伸びた髪をうしろで束ね、薄鼠《うすねずみ》色の栲《たえ》の衣をただ一枚身に着けて、黒い輪袈裟《わげさ》をかけ、机上には、五、六巻の経文と小さな鈴《りん》がひとつ、相馬焼《そうまやき》の青磁の香炉が置いてある。香はそこから漂ってきていた。

道節が柴垣越しに声をかけた。

「突然ながらもの申す。それがしは遠来の浪人、犬山道節と申す者。少しお尋ねしたいことがある」

庵の中の若者は、声が聞えているはずなのに振り向こうとはしない。合掌したままでじっと眼をとじ、よく見ると口に青松葉をくわえている。

「何をしているのですか？」

毛野が小声で言った。

「密教の行であろう……終るまで待とう」

道節は柴垣の外に坐《すわ》り込んだ。

毛野が並んで坐る。

夕霞《ゆうがすみ》が静かに山里にひろがっている。どこかで気の早い蟋蟀《こおろぎ》が鳴いていた。

洞穴の中での死にもの狂いの闘いが、嘘《うそ》のように思えてくる。

「生きていてよかった」

毛野がポツリと言った。

「そうだな……」

道節も心から言った。二人共、一度は自ら死のうとした人間である。その二人が命のあることを心から喜びあっている。

「武術を教えて下さい」

毛野が言った。

「強くなりたい……」

その時、

「もし、大角《だいかく》さま、ここを開けて下さいまし。開けて下さいまし」

と、切な気な女の声がした。

柴垣越しに見ると、まだ若い女房で身なりもきちんとした美しい女が、庵の戸を細々と叩いている。

「あんまりでございます、大角さま。母様の御忌中ゆえ、一切臥床《ふしど》を共に致しませぬのに、私が身籠《みごも》ったのは不義密通を働いたせいとお疑いになるなんて……私は神かけてそんなことは致しません。きっと何かの腹の病でございます。大角さま、信じて下さいませ！」

若い女房は涙ながらに言うのだが、庵のなかの男は結跏趺坐を崩そうとはしない。じっと瞑目《めいもく》したままだ。

「どうしても信じて下さらないならば、私は死んで証明《あかし》を立てる覚悟でおります。今日はそのつもりで参りました。どうか最後に一度だけお言葉をかけて下さいませ」

若い女房は涙を拭《ぬぐ》い、しばらく黙ったまま立っていたが、

「大角さま、さらばでございます」

目頭を押えて走り去った。

「あ、死んではいけない……」

毛野が思わず声を上げた。後を追いたそうにする。

「毛野、後を追え。どんな事情か知らぬが、このままではあの女房、川にでも身を投げかねない」

道節が言うと、

「はい！」

毛野は嬉しそうに言って、柴垣を身軽に飛び越えて女房の後を追った。

道節が庵の中に声をかけようとすると、男がやっと立ち上り、

「さきほどは、戒行の最中にて失礼いたしました。ただ今解行《げぎよう》いたしました。どうぞ、お入り下さい」

丁寧に頭を下げ、方丈の庵から出て柴垣の戸を開けた。

「勝手なこととは思ったが、奥方の後を追わせていただいた。あのままでは本当に死にかねない」

道節はなかに入って言ったが、若い男は黙っていた。

「私は犬山道節と申すもの。尋ねる人あって返壁《たまかえし》の里に参ったのだ」

「尋ねる人とは？」

「この里に不思議な玉を持つ夫婦がいると、旅の僧に聞いた。心当りはないであろうか？」

「不思議な玉？」

若い男が道節を見る。

「このような玉です」

道節は懐《ふところ》からお守袋を出し、玉を見せた。

若い男はじっと見ている。

「このような玉を持つものに、何の用なのです？」

「この玉を持つものは、我々の兄弟……いや兄弟のようなものなのだ。この世に、このような玉を持つものが、八人いるはず」

「八人……」

若い男はじっと何か考えている。

「もしや、そなた……?!」

道節の声が思わず大きくなった。

しかし、若い男はそっけなく言った。

「私は、そのような玉は持たぬ」

若い男は、連れて来られた女房の方を見ようともしない。

「勝手な真似《まね》をさせていただいたが、これは犬坂毛野と申すもの」

道節が、毛野を紹介すると、

「犬坂……?!」

若い男は驚いた顔になり、もう一度道節の顔を見て、

「そなたは犬山どのと申されたな」

と、言った。

「そうだが……」

男は、初めて女房と顔を見合せて、静かに言った。

「私の名は犬村《いぬむら》大角……これは妻の雛衣《ひなぎぬ》です」

「犬村?!」

毛野の声がはずんだ。

「では、玉を持っておられるのですね。このような玉を!」

毛野も懐から小さな玉を出した。

しかし、大角は何も答えない。

「玉はこのお腹《なか》の中です」

女房の方が答えた。

「腹の中?!」

「その玉は不思議な玉で、大角さまが小さな時、玉を清水に浸し、その水を飲ませるとすぐ病が治ったという話を、亡くなったお母上からお聞きしておりました。今年の夏、大角さまがお留守の際に、突然の激しい腹痛に襲われ大層苦しみました際に、その話を思い出し、大角さまが私の身を案じてお守袋を置いていって下さったので、その玉を清水に浸して水を飲もうとしておりましたら、そこへ突然お父上が入っていらして、何をしているのだと茶碗《ちゃわん》を取り上げようとされたので、茶碗の水が一気に口の中に入り、玉もろとも水を呑《の》み下してしまったのです」

　雛衣は、大角を見つめながら言った。

「腹痛は去ったのですが、五月《さつき》の頃《ころ》より月の経水《さわり》を見なくなり、お腹も次第にふくれて、医師に見せたところ懐妊したと申します。お恥ずかしい話ですが、継母《はは》の忌中のことでもあり、大角さまとはずっと臥床《ふしど》を共にしておりません。大角さまは私の言うことを信じて下さらず、私が不義密通を働き、作り話をしているのだとお疑いなのです」

「玉を飲んだら経水《さわり》がとまり懐妊したと、そんな話を信じられますか。信じろという方が無理ではないですか」

　大角が、道節たちに言った。

「でも、それが事実なのです!」

「大角さまは、私がお義父《とう》さまと不義を働いたとお思いなのです」

雛衣が言いにくそうに言った。

「何を言うか、雛衣！」

「いいえ、分かっております。今日は、私の気持のすべてを言わせていただきます。その上で、私に死ねとでも離縁するとでも、何とでもお申しつけ下さいませ」

大角は黙ってしまった。

「どうしてそんな疑いを……？」

道節が大角に向って言った。

大角は答えない。

雛衣が言った。

「お義父《とう》さまは、この三、四年の間に、突然変られたのです。それまでは、おやさしい申し分のないお義父さまでしたが、突然人が変ったように荒々しくなられ、武道を教えているものですから、門下のものには強くなったと評判はいいのですが、素人眼《しろうとめ》から見ても、その武術はただ猛々《たけだけ》しいだけで、義父がそばへ来られると恐いような気さえするのです。私を見る眼も、淫《みだ》らなものが混っているような気がしてならず、私が一人の時などに、突然寝所に入って来られたりすることもあります。以前のお義父さまでは考えられないことなのです」

大角もやっと口を開いた。

「私は母の連れ子としてこの家に来たのですが、若い時から美しかった母は、その美貌《びぼう》がずっと衰えず、この里でも評判であったのです。私も、いつまでも美しい母が自慢でした。しかし、その母が、父が変貌《へんぼう》してからしだいに容色が衰えはじめ、肌の色艶《いろつや》も失って、体の具合でも悪いのではないかと雛衣と共に心配していたところ、三年前あッという間に他界してしまったのです。父はすぐに若い後妻をもらいました。私にとっては姉のような年の継母《はは》でしたが、この人も、隣村の後家でたいそう美しい人でした。しかし、父に嫁《とつ》いでまもなく、見る見る精気がなくなり、突然年をとったような感じになったと思うと、一年もたたずして亡くなってしまったのです。その後、父は、今度はもっと若い女を三人目の嫁に迎えたのですが、この人も一年もたたぬうちに、今年の初めに他界してしまいました」

「三人も?!」

「そうです。父の門下のものは、褥《ねや》のことがあまり激しすぎるので精気を吸いとられてしまったのであろうと、むしろ父の強さを誇りにするような様子。それが本当かどうか、父はますます逞《たく》ましくなり、見るからに精気溢《あふ》れ、あの年にしては怖ろしいほど脂ぎった感じになってきたのです」

大角は言葉を切った。その後、言いにくそうにもう一度口を開いた。思い切ってすべて行かせればすむような用であったので、おかしいなとは思いました。父の言いつけには背けません。そして、私が足尾の里から帰ってきてまもなく、雛衣が懐妊したのです」

「あなた！」

「私はずっと褥《しとね》を共にしていない。私の子供でないことだけは確かなのだ！」

「あのお義父さまに肌を汚されるくらいなら、私は舌を噛《か》み切って死にます。無理矢理そうさせられたとしたら、私はその場で死んでおりました」

「玉が体内に入ったから腹がふくれたという話を、あくまで信じろと言うのか！」

「でも、それが事実なのです！」

道節も、何と言っていいか分からなかった。

この芯《しん》の強そうな美しい女房が、義父と通じ合い子まで妊《はら》みながら、平気で生きているとは思えない。そんなことになれば、確かにその場で自刃して果てただろう、それだけの誇りの高さは、言葉のはしばしからも、凛《りん》とした眼つきからも、はっきりと感じられた。

だからと言って、玉が体内に入ったから懐妊したという話も信じられない。

道節は、大角が妻からも離れ、行に打込んでいた気持が分かるような気がした。毛野も、二人に何と言っていいか分からなかった。

いつのまにか日が暮れていた。

「ともかくも家へお越し下さい」

大角が言った。

その時、向うから提灯《ちょうちん》の灯《あか》りが近づいてきた。何やら急いでいる。

「大角どの！」

提灯を持った男が叫んだ。

「大変だ。先生が大怪我《おおけが》をされた‼」

男は、父の高弟の牙二郎《がじろう》だった。

5

大角と雛衣は、道節たちと共に里の道を急いだ。

赤岩《あかいわ》というところに、山中にしては立派な屋敷があった。年月をへた赤松が、傘のように門を覆っている。門を入ると広々とした庭があり、庭木が巧みな構図で植えられていた。

突き当りの建物は道場らしく、大角たちが庭に入ると、稽古着《けいこぎ》を着た男たちが三、四人、慌ただしく飛び出して来た。

「大角どの、こちらです‼」

と、奥へ案内する。

大角は、道節たちに、

「左手にある建物が、我々の住居です。そちらでお待ち下さい」

「お待たせして申し訳ない」

二人共、深刻な様子になっている。

「いかがです、父上の御様子は？」

「眼を怪我したのです」

「眼を?!」

「山へ入り、一人で弓矢の稽古に励んでいたところ、稽古矢の跳ね返ったのが左の眼に突き刺ったらしいのです」

「稽古矢が左の眼に……？」

「すぐ医者にも診《み》せたところ、失明すると言われたそうです。父は、武術を教えて身を立てているゆえ、片眼が失明すれば武術を教えることは出来ないと、痛みよりもそちらの方で苛立《いらだ》っておりました」

「治す手だてはないのですか？」

毛野が聞くと、大角と雛衣が顔を見合せた。

「失明をのがれる薬はあるそうです」

雛衣が言った。

「土中に深く埋もれた木天蓼《またたび》の粉末と、四か月以上の胎児の生き肝と、その母親の心臓の血を練り合せたものを服用すれば治ると、義父《ちち》は医者に言われたそうです」

「木天蓼の粉末と、四か月以上の胎児と、母親の心臓の血?!」

「木天蓼は、門下のものに探して掘ってくるように命じたと、義父は言っていました」

大角が言った。そばの雛衣を見て、

「これは今、妊娠五か月です」

「え?!」

「父上は、子供と雛衣どのの命をさし出せとおっしゃっているのですか?!」

大角と雛衣がうなずいた。

「そんな馬鹿な……」

思わず、道節は言った。

「いくら何でも、自分の片眼を治すために、息子の嫁とその子供の命をさし出せと言うなんて……」

「このまま放《ほう》っておいたら、片眼どころか生命まで危くなると医者に言われたそうです」

「息子の嫁が父親のために犠牲になるのは、当然の礼であろうと……」

雛衣もうつむいて言った。

「二人でよく考えて返事をしろと、父は言うのです。父の命を救うか、それとも、妻の命惜しさに父を見殺しにするか……」

二人共、うつむいたまま言葉もなくなってしまった。

重苦しい沈黙が続いた。

「木天蓼《またたび》を取って来たぞ！　土中深く埋もれた木天蓼を見事見つけて参った！」

興奮気味の声がする。

それを聞いて、雛衣が顔を上げた。

「私は覚悟しました。お義父《とう》さまが言われる通り、嫁が舅《しゅうと》のために犠牲になるのは、当然の礼かも知れません。それに、この腹を裂けば、私が子供を妊んでいるかどうかもはっきりするはず。私は一度死のうと思った女です。命など惜しくはありません」

「待て、雛衣！」

「大角さま。私はこれで身の証明《あかし》を立てることが出来るのです」

雛衣が静かに立ち上った。

その時、

「待って下さい、雛衣さま」

と、それまで黙っていた毛野が言った。

「お父上は眼を怪我したとおっしゃいましたね、左の眼を」

改めて大角に尋ねた。

「そうだ」

「大角さま、それはあなたがたのお父上ではありません。妖怪です」

毛野は、はっきりと言った。

「おそらく、あの洞穴のなかの大蜘蛛の化身です」

「何?!」

「何を言うんだ、毛野?!」

道節も驚いて言った。

「あの洞穴のなかで、道節さまは確か蜘蛛の左眼を刺したはず」

「それは、そうだが……」

「ほんとうの父上が、たかだか左眼ぐらいのために、息子の嫁やその子供の命をさし出せなどと言うことは考えられません」

「しかし、父は変ったのだ。三、四年前から昔のような父ではなくなったのだ。それくらいのことは言いかねない」

「おそらく、その三、四年前に、ほんとうの父上はあの化け物に殺されてしまったのです。そして、化け物が父上の姿に取《と》り憑《つ》いて、この家にやって来たのです」

大角が、雛衣と顔を見合せる。

そう思えば、父の突然の変りようも納得がいく。大角の美しい母が、その後の二人の若い継母《はは》が、精気を吸い取られるように肌を衰えさせ、次々と死んでいったことも。門下のものたちが自慢するように、父の精力が強かろうと、三人の女《はは》たちの衰えぶりは普通ではなかったのだ。

二人の気持を察して、毛野が言った。

「私は、一人の男に出会いました。ついこの間のことです。その男は、私にしたい放題のことをし、私を嬲《なぶ》りつくして去っていきました。その嬲りようが、私には人間のものと思えませんでした。私は今はっきりと言うことが出来ます。あの男は人間ではありません。蛇の化身です。私は今でもまざまざと思い出すことが出来ます。私の体にからみつき、私の肌を這《は》いずりまわったあの男の肌の感触……まさしく蛇の滑《ぬめ》りがあったのです」

その場がシンとなってしまった。

「私も毛野の言う通りだと思う。これまでの様々な経緯《いきさつ》からして、本当の父上だとは私にも思えない」

道節も言った。

「では、私たちにどうしろと言うのです」

「化け物なら、殺すまでだ」

「殺す⁈ 幼い頃には、私が母の連れ子であったにもかかわらず、本当の子供のように可《か》愛《わい》がってくれた父なのですよ！」

「それでは、大角どのは、父上の言うままに雛衣どのの命をさし出すつもりか⁈」

「…………」

「聞いてくれ、大角どの。私もこの毛野も口では言えぬ悲しい目にあっている。この玉を持つものは、なぜか悲運にとりつかれるのだ。何者かが我々を呪《のろ》い、運命を弄《もてあそ》んでいるとしか思えないのだ。私も毛野も、共に運命と闘おうと誓って、他の仲間たちを探し歩いているのだ」

大角がポツリと言った。

「私に父を殺せと言うのですか」

「父上を殺せと言っているのではない。妖怪を殺せと言っているのだ」

「どうすればそれが分かる。父上が妖怪かどうかどうすれば分かると言うのです！　毛野どのの話を、私に信じろというのは無理な話だ！」

大角は悲痛な声で言った。

無理もない。長年親しんで来た父がどんなに変ろうと、それが妖怪だと言われてすぐに信じられる訳がない。

「父上の言うままにしてみるんだ」

「え……？」

「父上の言うままに、雛衣どのの心臓の血と胎児の生き肝をさし出すふりをしてみるんだ」

「それで？」

「本当の父上なら途中で止めようとするはず。最後まで止めようとしなければ、人間ではない」

その時、表の戸を叩く音がした。

牙二郎の声がする。

「木天蓼の粉の用意が出来ました。大角どの、先生がお呼びです」

大角は、ゆっくりと立ち上った。

「行こう、雛衣」

6

大角と雛衣は、牙二郎に連れられて屋敷の奥の父の寝所へ行った。

大角の父・赤岩一角《いっかく》は、門下のものたちに囲まれて臥《ふせ》っていた。

一角が、雛衣の心臓の血と胎児の生き肝をさし出せと言った時、父の褥を囲んでいる門下のものたちが表情も変えなかったことを、大角は今になって思い出した。門下のものたちは、それが当然だという顔をしていたのだ。それだけ師である父を想《おも》う心が強いのだろうとその時には思ったのだが、毛野の話を聞いた今では、父のまわりにいる者たちも人間ではないように思えてきた。

大角は、剣を体のそばに置いて坐った。

片眼を布で保護した一角が、眼ざとく見つけた。

「父の寝所に来るのに、なぜ刀など持って来た、大角」

大角は、一瞬言葉につまったが、

「雛衣が心を決めたのです。父上のために我が身と我が子を捧げると。雛衣の腹を裂くためには刀がいります。そのために持参したのです」

「そうか。心を決めてくれたか！」

一角が嬉しそうに起き上った。

「雛衣どの、体と子供を私にくれるのか？」

「はい」

「さすが、武芸師範の嫁じゃ。あっぱれな覚悟じゃ」

「木天蓼の粉の用意は出来ているのですね」

「牙二郎、これへ持て」

「持って参っております」

牙二郎が、粉の入った器をさし出した。

「山中に深く埋まっておりました立派な木天蓼でございます」

牙二郎は、挑戦的な眼で大角を見る。本当に妻をさし出す覚悟が出来たのかと疑う眼つきだ。

「私と雛衣以外のものをこの部屋から出して下さい、父上」

「なぜです」

牙二郎がすぐに言葉をはさんで来た。

牙二郎をにらみ返して、大角は言った。

「出て行くのだ、牙二郎」

一角が命じた。

牙二郎たちが、しぶしぶといった顔で立ち上る。全員が出るのを確かめてから、大角は雛衣に言った。

「改めて聞く。父上のためにその身を捧げる覚悟、本当に出来ているのだろうな」

「はい」

「着ているものを脱げ」

「え……？」

「着物の上からでは腹は裂けぬ」

雛衣は一瞬思った。大角は本当に自分の腹を裂く気なのではないか。不義の妻と不義の子を殺す気でいるのではないか。今さら夫を疑って何になる。疑ってしまった自分の心が怨《うら》めしかった。

雛衣は裸になった。

褥の上から、一角がじっと見つめているのが分かる。

「そこに仰向けに寝ろ、雛衣」

大角が言った。

雛衣がその通りにした。腹がふくらんでいるだけに、たまらなく恥ずかしかった。一角が、自分の体を睨《ね》めまわすように見ていることが、はっきりと分かる。

雛衣は身を縮めた。

どこで父が止めに入るか、大角がそれを試していることは分かる。しかし、こんな恥ずかしいことまでさせる必要があるのか。

「脚をひらけ、雛衣」

大角が言った。

「力を抜かなくては、腹は裂けぬ」

雛衣は、大角も父と同じ仲間なのではないかと思った。義父が妖獣の化身なら、大角も同じなのではないか。本気で私と腹の子供を、義父に捧げようとしているのではないか。

雛衣は眼を閉じて脚をひらいた。今は、大角を信じるしかない。

大角が刀を抜いて、雛衣の体の真上に立った。

一角も、身を乗り出すようにして見ている。

大角が、雛衣の白い肌に刀の切先を触れた。

「いいな、雛衣。これからお前の腹を裂く」

切先がふくらんだ腹の上を撫《な》でていく。

「そののちに、心臓《さわり》を抉《えぐ》る」

仰向けに寝た雛衣の体上に仁王立ちになって、大角は一角の方を見た。

「すまぬ、大角。そうするより他にないのだ」

一角の眼が、腹のふくらんだ嫁の白い肉体をじっと見つめていた。

雛衣の体にまたがった大角が足を踏んばる。

「覚悟‼」

と、言うや、しっかりと持った刀を大きく振りかざすと、雛衣の艶やかな腹のふくらみに向って力まかせに叩きつけた。

雛衣が悲鳴を上げた。

血が迸《ほとばし》って、雛衣の腹を濡《ぬ》らした。

雛衣の白い体が血飛沫《ちしぶき》で染まる。

激しい呻《うめ》き声がした。

一角が眼を押えて褥の上を転げまわっている。

雛衣の腹めがけて振り下した刀を、大角が一瞬で方向を変え、身を乗り出すようにして見ていた一角の右眼に思い切り突き通したのだ。

最後の瞬間まで止めようとせず、身を乗り出してくる一角を、はっきりと父ではないと決めた。

「おのれ、妖怪‼」

大角は満身の力で一角の眼を貫いた。刀は眼を貫き、後頭部に切先が突き出た。

屋敷が揺らぐような唸《うな》り声がした。

刀を突き刺されたまま床を転げまわる一角が出したものだった。獣の唸り声だった。

「雛衣、逃げろ‼」

大角が叫んだ。雛衣が慌てて起き上る。自分の体に迸った血潮に、雛衣は大角が本当に自分の腹を裂いたと思って、気を失いかけていたのだ。

脱いだ着物を肩からかけ、雛衣は急いで部屋を出ようとした。

その時、雛衣の体に何かが巻きついた。体が宙に浮いた。

「雛衣⁈」

訳が分からず、雛衣の姿を追って頭上を振り仰いだ大角の眼に、肝を潰《つぶ》すようなものが飛び込んできた。

一角の姿は消えて、巨大な黒い蜘蛛が、座敷に溢れんばかりの大きさで立ちはだかっていたのだ。

雛衣は、大蜘蛛の脚にからみつかれていた。肩に掛けた着物が落ちて、雛衣の白い肉体が剥《む》き出しになっていた。ふくらんだ腹に、黒い脚が巻きついている。

雛衣の肢《あし》が白く跳ねた。黒い脚にからみつかれた女体が痛々しかった。

「大角さま‼」

屋敷が揺れた。

道節と毛野が飛び込んできた。蜘蛛の脚にからめとられて運ばれていく雛衣の白い体を見て、二人共思わず息を呑《の》んだ。

道節が、刀を逆手に持って蜘蛛の頭めがけて叩きつけようとしたが、手元を誤まると雛衣の体を刺しかねない。

道節は床の上を這《は》う蜘蛛の脚めがけて斬《き》りつけた。どうにかして雛衣の体を落させたかった。

大角も斬りつけた。

毛野も刀をとって斬りつけた。

しかし、無数にある蜘蛛の足は、そのひとつひとつが生きもののように動いて、刀で貫くことさえ容易ではない。

その間に、雛衣の体は高く運ばれて行く。

蜘蛛の口が大きく開いた。

濡れた赤い口の前で、雛衣が黒い脚にからまれた女体をのけぞらせて、大きな叫び声を上げた。

「助けて、大角さま‼」

「雛衣‼」

大角が、必死で蜘蛛の脚に斬りつける。

赤い大きな口のなかから、鋭く尖《とが》った歯が出て来た。

黒い脚を器用に動かして、大蜘蛛は、雛衣のふくらんだ白い腹を歯の前に供えた。

鋭い歯をゆっくりと近づけてくる。

「雛衣‼」

大角が悲痛な叫び声を上げた。

雛衣も悲鳴を上げた。柔らかい腹に尖った歯が迫ってくる。

なす術もなくなった道節が、剣を蜘蛛めがけて投げつけた。

大蜘蛛はびくともしない。

雛衣のふくらんだ腹を、大蜘蛛の鋭い歯がゆっくりと引き裂いた。

「ぎゃあッ‼」

雛衣の悲鳴と共に、血が道節たちの上に降り注いで来た。

「雛衣‼」

血にまみれながら大角が叫ぶ。

その時、引き裂かれた雛衣の腹の中から、強い光のようなものが大蜘蛛めがけて飛び出していった。

光は、蜘蛛の眉間《みけん》に突き刺った。

道節たちも慌てて逃げた。

大蜘蛛は一段と大きく呻き声を上げたかと思うと、黒い体が炸裂《さくれつ》するように砕け、まっ黒い粉となって飛び散った。

黒い粉が部屋一杯に降りそそいだ。

床も天井も壁も、そして道節や大角や毛野の体も、たちまちその黒い粉で被《おお》われた。

「きゃあッ‼」

突然、毛野が悲鳴を上げた。

体中を被った黒い粉が蠢《うごめ》いている。よく見ると、黒いものは粉ではなく、ひとつひとつが小さな生きた蜘蛛だった。大蜘蛛は、おびただしい数の小さな蜘蛛となって飛び散ったのだ。

道節の体も、大角の体も、毛野の体も、蠢く無数の蜘蛛によって被われた。天井も床も壁も、黒く塗りつぶされてしまったように見え、そのひとつひとつがザワザワと蠢いている。

床に落ちた雛衣の体も、無数の黒い蜘蛛によってびっしり被われ、見えなくなってしまった。

「川へ走るんだ‼」

顔面に張りついた蜘蛛を手で払いながら、道節が叫んだ。

「川に飛び込め!!」

口をあけると、おびただしい小蜘蛛が飛び込んでくる。

道節は、蜘蛛を払いのけながら走った。

毛野と大角も続く。

表へ走り出たとたん、牙二郎たちが斬りつけて来た。

危うくその切先を逃れ、毛野の刀をとると、大角と二人に、

「行けッ!!」

と、叫んで、道節は牙二郎たちに斬りかかっていった。

牙二郎の体を叩き斬ると、その体が黒い粉となって飛び散った。その粉も無数の黒い蜘蛛で、道節の体に降り注いでくる。

瞼《まぶた》を払いながら、道節は必死で闘った。

門下のものたちも一角と同類であったのか、斬ると黒い粉となって飛び散る。庭先が黒いもので埋った。

踏みしめるとプチプチという音がし、足が滑って倒れそうになる。

足を踏んばり、瞼を払いながら、道節は、十数人の門下のものたちを叩き斬った。

全身を蜘蛛で被われているのも忘れて、道節はそこに坐り込みそうになった。

「ここで倒れたら、無数の小蜘蛛に食われるだけだ!」

道節はよろめきながら音に向って走った。

渓流が見えた。大角と毛野が、流れのなかで体を洗っているのが見える。

道節はよろめくように歩いていくと、流れのなかに頭から倒れ込んでいった。

7

体に取りついた無数の蜘蛛を渓流で洗い流すと、もう一度一角の屋敷に戻った。

屋敷の庭は全《すべ》てまっ黒に被いつくされ、黒い動物は屋敷の外にも滲《し》み出てこようとしていた。

「油はないか？」

道節は、大角に聞いた。

「納屋に灯り油があるはずです」

エゴマ、アブラナ、ツバキ、イヌガヤ等の種子を絞った植物油が、甕《かめ》に入れて保存してあった。

道節たちは、それを屋敷のまわりに撒《ま》いた。

「雛衣どのの体はもはや運び出せぬ、いいな」

大角がうなずく。

火を放った。燃え上る炎を大角はじっと見ていた。

小さな音をたてて無数の蜘蛛が焼け死んでいく。

屋敷中から、悲鳴が聞えて来るようでもあった。

大角は身じろぎもしないで立っていた。無数の蜘蛛と共に雛衣の遺体も燃えていくのだ。

「許してくれ、雛衣」

屋敷が燃え落ちるまで、三人は炎を見ていた。

夜が明けてから、小さな骨壺《こつつぼ》を用意し、大角は雛衣の骨を拾いに屋敷に入った。

おびただしい蜘蛛が、遺骸《いがい》となって屋敷を埋めつくしていた。

一角の寝所に、雛衣の遺体があった。

骨のひとつひとつを拾って、大角は骨壺に入れた。

道節も毛野も、無言で大角につづいた。

「玉が……」

突然、毛野が言った。

拾い上げた骨の下に、小さな水晶のような玉が転がっていたのだ。

大角は玉を拾い上げ、丁寧に拭った。玉はきれいな光を取り戻した。

「私たちと同じ玉です！」

毛野がはずむ声で言った。

じっと見つめていると、その真中に「礼」の文字が浮ぶ。大角はじっと文字を見つめて大角は思った。

「許してくれ」

大角は手を合せた。

「私たちと共に行くか、大角どの」

道節が、合掌する大角に言った。

「我々は、自分に取り憑《つ》いた悲運と闘う以外に生きる道がないのだ」

大角は、雛衣の骨壺をしっかりと抱きしめて立ち上った。

「あなた方と一緒に行きます」

第十一章　養老河原の石合戦

1

信乃、現八、小文吾の三人は、房州《ぼうしゅう》、つまり安房国へ向っていた。

追手から身を隠しながら、浜路の消息を聞いてまわったが何も分からなかった。大塚の里のものは、信乃の姿を見ると、慌てて戸をとざす。里のものは、信乃を、陣代《じんだい》殺し、伯父伯母殺しの重罪人と思い込んでいた。

浜路のことは気がかりだったが、これ以上探しようもないので、気持を振り切るようにして、信乃は安房へ向うことにした。安房、千田城には、里見義実公が老体ながらも元気で城を守っている。

孝吉爺《じい》の言うように、信乃たち八犬士が伏姫の光の子として生まれたのなら、他の仲間たちもいずれは里見の城に向ってくるのではないか。信乃たちは、とにかく安房国へ向うことにしたのだ。

五井の宿の年増《としま》の飯盛女《めしもりおんな》が、やたらと小文吾に興味を示したのだ。

「私、体の大っきな人が好きなのよね」

膳《ぜん》を運んで来るたびに、小文吾に流し眼《め》を送ってくる。触れなば落ちんというよりも、触れてくれなければ自分から落ちていきそうな勢いだった。

小文吾が困惑する様を、信乃も現八もニヤニヤしながら見守っていたのだが、小文吾が一向に嬉《うれ》しそうな顔をしないのを見て、

「私、面白いものを持っているのよ。後で私のところに来たら見せて上げる」

女は、小文吾にしなだれかかるようにして言った。

どうせ枕絵《まくらえ》のたぐいであろうと、小文吾が色よい返事をしないでいると、女は勝手に、

「じゃ約束したわよ」

と、一人で決めてしまって、小文吾に飛び切りの流し眼を送って、部屋を出て行った。

小文吾は、大きな体の身の置き処《どころ》もないほど照れてしまった。信乃も現八もすっかり面白がって、

「ぜひ行ってこい」

「約束したのだから行かなくては悪い」

「ひょっとしてすごく面白いものかも知れないではないか」

「見て来なくては損だ」

などと、けしかけた。

小文吾は、根が単純で素朴《そぼく》なものだから、行かなくては本当に相手に悪いような気になってきて、

「断りを言って、すぐ戻ってくる」

と、出て行った。

信乃と現八は顔を見合せた。小文吾が、年増女に言い寄られ、あたふたと戻ってくるのは火を見るよりも明らかだ。その時の顔が見たかった。

「ひょっとして怒って暴れたりしないだろうな、あれが暴れ出したら、この宿などたちまち吹っ飛ぶ」

信乃は、急に心配になって言った。

「大丈夫だ。小文吾はやさしい性格だから、滅多なことで暴力を振るったりはしない。自分の力がどんなものか、自分でもよく知っている」

現八が言った。

二人は、小文吾が怪力のあまりに、愛する弟や両親まで殺してしまった悲劇を思い出した。小文吾をからかったことが急にすまなく思えてくる。

その時、小文吾があたふたと走って来た。

信乃も現八も笑う気持を失くしていた。謝まりたいような気持で二人が小文吾を見ると

「信乃どの！　現八どの！　これを見てくれ！」

小文吾が、手の中のものを二人の眼の前にさし出した。一目見て、二人は思わず腰を浮かした。三人が持っているのと同じ水晶の玉が、そこにあったのだ。

「どこで、これを⁈」

二人は同時に言った。

「あの女が見せてやると言った面白いものとは、これだった」

「何⁈」

「それでは、あの女……」

その時、女が小文吾を追いかけるようにして入ってきた。

「返しておくれよ、私の玉を。いきなり盗《と》って逃げるなんて、泥棒じゃないか！」

小文吾の指から水晶の玉をひったくった。

「それは、おぬしの玉か⁈」

信乃が息をはずませて聞いた。

「そうだよ。何の変哲もない玉のように見えるけどね、そうじゃないんだよ。不思議な玉なんだよ。それを見せてやろうとしたら、この男がいきなりひったくって逃げたんだよ」

「じっと見ていると中に文字が浮んでくるのだろう」

現八が言うと、女は一瞬ポカンとして現八の顔を見た。

「あんた、どうしてそれを知っているの?!」

現八は、懐《ふところ》から自分の玉を出した。

小文吾も同じような玉を出す。

「もう一度見せてもらえるか、その玉を」

現八が手を伸しても、年増女は呆然《ぼうぜん》としたまま、玉を引っ込める気を失くしている。

三人は、その玉を見つめた。

じっと見つめていると、その玉は自ら光を持つようにほんのりと輝き、真中に「義」の文字が浮んできた。

「まちがいない。八犬士の玉だ」

信乃も言った。

「おぬし、この玉を小さな頃《ころ》から持っていたのか?」

と、女に聞くと、

「へ?」

女は、まだ狐につままれたような顔をしている。

「生まれた時から、この玉を持っていたのか?!」

現八が少し大きな声で言うと、女は面倒なことにでも巻込まれると思ったのか、慌てて首を横に振った。

「どこで手に入れたのだ、この玉を?」

ちに黙り込んでしまった

「誰《だれ》かにもらったのか？」

女は何も答えない。

「どこで、どうして手に入れた‼」

小文吾が耳許《みみもと》で大きな声を出すと、女は飛び上った。

「か、街道に坐《すわ》っていた乞食《こじき》が持っていたんだよ」

「乞食？」

「めくらでいざりの乞食がね。乞食が、こんなものを持っていても仕様がないから、私が貰《もら》ったんだよ」

言ってから、慌てたようにつけ加えた。

「ちゃ、ちゃんと握り飯をひとつやったからね」

「乞食はどこに住んでいる？」

「どうせ養老川《ようろうがわ》の河原だろう……あそこにゃ河原者が一杯いるからね」

「その乞食に会えば、分かるか？」

「そりゃ分かるよ」と女は言ってから「わ、私はいやだよ。あんな怖《おそ》ろしいところへ行くのはいやだよ。こんなもの欲しいのなら上げるから、かかわり合うのはいやだよ！」

と、逃げ出そうとした。小文吾が女をつかまえた。

「一緒に行って欲しいんだ。頼むよ」

女は、小文吾に宙に抱き上げられて足をバタバタさせながら、顔を引きつらせて叫んだ。

「い、いやだよ。私は、河原者のいるところへなんか行くのはいやだよ‼」

2

翌朝、信乃たちは飯盛女を伴って養老川の河原へ降りていった。

女はいやだと言い張ったのだが、小文吾にいつまでも宙吊《ちゅうづ》りにされて、

「一緒に行くから降しておくれ！」

と、音を上げたのだ。

小文吾が嬉《うれ》しそうな顔になり、

「何が起きようと、おぬしの体はわしが絶対に守るから」

と、言うと、女もまんざらでもない顔になった。

「私は、体の大っきな人が昔から好きなのよね」

河口に近い養老川は、近年水が少なくなったこともあって、広い河原が出来ている。石砂利の間から雑草が生い繁《しげ》っているだけの荒涼とした河原のあちこちに、黒々とした掘立《ほったて》小屋が建っていた。

近づいて行くと、雑草の間に、建物と同じ黒々とした襤褸《ぼろ》をまとった人間たちが驚くほどの数でいた。

雑草を刈り取って火を燃やし、何かを煮ている人間もいる。賭博《とばく》をしているだろう、一

を並べて盛んに言い合っているものもいる。着ているものと同じように、顔も黒々としていた。すぐそばに清流があるのだから、身を清めればいいと思うのだが、汚れ合っていることが、仲間であることの証明《あかし》にもなるのだろうか。それとも、小ぎれいな格好をし、規律に縛られて生きている世間の暮しに対する、無意識の反逆なのだろうか。

信乃たちは、飯盛女がしきりに、汚れた格好で行かなくては駄目だと言った訳が分かった。

その通りにして来てよかったと思った。

身ぎれいな格好をしているものも、なかにはいた。髪もきちんと束ね、普通の身なりと少しも変らない。そうかと思うと、きらびやかな女の着物を着て、得意気に歩き廻《まわ》っている男もいる。自分の体を見せびらかすようにして歩いている女もいる。様々な種類の人間たちが集って集落を造っていた。

が、都や村で生活出来なくなったものが、自然と集まってきたのだ。

罪を犯して逃げているものもいたし、病にかかって家族近隣から忌み嫌われて捨てられたものもいたし、体が不自由で世間のものと同じように動けず、脱落してきたものもいた。気のふれたものもいたし、世間のしきたりを守って生きて行くことが煩《わずら》わしく、自ら家を捨ててきたものもいた。

河原は、色んな意味での「流亡の民」の里であった。

「お武家さまの屋敷から、死にかかったお女中が運ばれて来て、捨てていかれることもあるんだよ。自分のところで死なれると穢《けが》れるからってね」

女が気持悪そうに言った。

河原者たちは、河原田畠《でんぱた》と呼ばれた零細な耕地を開拓したり、川魚や鳥獣を捕って売ったり、死牛馬の処理をしたりして生活をしていた。なかには、すぐれた技能を持ち、庭師として活躍して、山水《せんずい》河原者と呼ばれた人間もいたのだ。

大声で叫んで喧嘩《けんか》している者たちもいた。石をつかんで殴り合いを始める。

まわりの者は知らん顔だった。他人のすることにはかかわらない、それが世間から逃亡して来た人間たちの、唯一の規律だった。

「行こうよ、もう、行こうよ」

女がしきりに言った。

信乃は、近くの男に、盲で唖《おし》でいざりの若い男を知らないかと聞いた。しかし、男は信乃の顔をじろりと見ただけで、何も答えなかった。

河原は、質問無用、答無用の里なのだ。役人や家族のものが、ときおり人を探して河原にやって来る。何を聞かれても、誰も知らぬと答えるだけだ。
二、三人の男に尋ねて見て、信乃はすぐにあきらめた。こうなったら、自分の眼で探すより他はない。
信乃たちは、建物の中を一軒一軒覗《のぞ》いて歩いた。

河原に来てから女と一緒になり、子供をはさんで飯を食っているものもいる。ごく普通の一家団欒《だんらん》だった。

真昼間から、男女の交りを行っているものもいる。

覗いても痴呆《ちほう》のような顔をして見返すだけのものもいる。

あきらかに、死にかかっているものもいた。そばに居てやるものは誰もいない。

一軒の建物まで来た時、騒がしい声が聞えて来た。建物は、他のものより少し大きい。

なかに入ると、子供たちが喧嘩をしていた。喧嘩というよりも、一人の子供をいじめていたのだ。

よく見ると、子供たちはすべて、片手がなかったり、片足がなかったり、眼が見えなかったり、片眼だったりするものばかりであった。何か叫びながら一人の子供をいじめているのだ。

真中の子供は叫び声も上げない。足蹴《あしげ》にされ、転がされ、いじめられるままになっている。

まわりの子供たちは、いかにも楽し気に、その人間を蹴倒し、起き上らせ、また突き倒したりしている。

「あの子だよ‼」

女が、真中でいじめられている子供を指さした。

「この玉を持っていたのは、あの子だよ！」

真中の子供が、他の子供たちのなすがままになっているのは、足も立たず、眼も見えず、耳も聞えず、口もきけないせいなのだ。動くものといえば両手だけで、その手で何度も起き上るのだが、そのたびに子供たちに突き転がされている。

残酷な遊びがつづく。

「やめろ‼」

小文吾が真先に中に入った。いじめていた子供たちが、不自由な体で飛びすさった。

小文吾が、転がされた男の子を大事そうに抱き上げた。

「もう大丈夫だよ」

と、話しかけたが、口もきけず眼も見えないから、何の反応もなかった。

顔を見ると、意外にもいじめていた子供たちよりずっと大きく、十八、九にはなっているように見えた。そんな人間が、せいぜい十一、二の子供たちのなすがままにいじめられていることが、ひどく哀れだった。

「私たちは、お前に会いに来たんだ」

信乃が言ったが、何の反応もない。

周りの子供たちが笑い声を上げた。

小文吾が、笑い声の方を睨《にら》みつけた。

「小文吾……」

現八がなだめた。

抱き上げた男の子の胸に、汚れきったお守袋がぶら下っている。

「あれだよ、あの中に入ってたんだよ」

女は、少しでも早く去っていきたそうに、身を竦《すく》めている。

現八が、そのお守袋を手にとって見た。

まっ黒に汚れているが、何か字の書いてあるのが見える。汚れを拭《ぬぐ》うようにして見ると、かすかに文字が見えてきた。

「犬川荘助義任《いぬかわそうすけよしとう》……」

信乃と現八と小文吾が、思わず眼を見交した。

「お前は、私たちの兄弟なのだ！」

信乃が叫んだが、荘助には何も聞えない。

小文吾の大きな体に抱かれている荘助は、子供のように小さく、哀れだった。

その時、小屋の中に誰かが入ってきた。子供たちが脅《おび》えたように一隅にかたまる。

3

入って来たのは、三人の眼つきの鋭い男たちだった。いずれも小柄だが、屈強な体つきをしている。

「何をしている！」

先頭の男が聞いた。飯盛女が、慌てて小文吾の体の後に隠れた。

「人を探して来たのだ」

信乃が答えた。

男が、信乃たちを見廻した。

「他所者《よそもの》だな、お前たち……。ここは人を探してはならぬところだ。それを知っているのか」

男の言葉が終る前に、後の男たちが刀を抜いた。

信乃も現八も、刀を置いてきていた。目立たない格好で行った方がいいと女に言われて、宿に刀を預けて来たのだ。

「その男を下に置け」

男が、小文吾に命じた。

「これは、私たちの兄弟だ」

小文吾が言った。

男がせせら笑う。

「ここではな、親もなく、子もなく、兄弟もないのだよ」

「人から搾《しぼ》り取ることだけはあるというのか」

現八が、男を見据えて言った。

「何?!」

「お前たちは、この子供たちを働かせて、その稼ぎを搾り取っているのだろう」

図星と見えて、男は一瞬黙った。

「どこの世界でも、人に働かせて、自分はのうのうと生きようとする人間はいる」

「出て行くんだ」

男が子供たちに命じた。子供たちが、不自由な体を引きずって出ていった。

男たちは、この小屋の中で信乃たちを斬《き》ろうと決めたらしい。

信乃も現八も、転がっている木の棒をそっとつかんだ。

「そんなものが、何の役に立つ」

先頭の男が刀を抜いた。

その構えからして、男たちは、いずれもかなりの心得があるように見えた。

透破《すっぱ》ものではないか、現八はふと思った。何らかの理由で、河原に身を潜《ひそ》めている忍者ではないかと。

子供たちを搾取《さくしゅ》するやくざものと甘く見たのは、間違いではないか。この男たちは、河原者にとけこむために、そう見せているだけではないか。透破ものだとしたら、棒切れ一本ではとても敵《かな》わない。

小文吾が、腕に抱いていた荘助をそっと信乃に渡した。男たちの前に立ちはだかる。

「駄目だ、小文吾。透破《すっぱ》だとしたら力では勝てぬ」

現八はそう思った。

建物を改めて見廻した。

一本の大きな柱が眼についた。

現八は、小声で小文吾に言った。

「あの柱を引き倒せるか？」

「簡単だけど……」

「やれ。建物が崩れ落ちる間に表に飛び出す」

「なぜ、そんなことを……？」

小文吾には、男たちを自分の手で吹き飛ばす自信があったのだ。

その時、先頭の男が斬りかかって来た。

現八と小文吾が危く避けた。

鋭く風を切る音がした。やはり、ただ者ではない。小文吾の着物が斬り裂かれていた。

「やれ、小文吾‼」

現八が叫んだ。

小文吾が柱に向って体当りしていった。

柱が吹っ飛んだ。小屋の壁も吹っ飛び、小屋が土埃《つちぼこり》を上げて崩れ落ちる。

「走れ‼」

倒れる小屋の壁に体当りをして、現八は表に走り出た。

信乃も、荘助をおぶったまま土埃のなかを表に飛び出した。

小文吾も走った。小文吾の体に叛盗女がしがみついていた。

「小文吾、荘助を抱い！」

小文吾は荘助を腕に抱いた。しがみついている女を、もう一方の腕で抱く。

そして、走った。

信乃も走った。

現八も走った。

「透破《すっぱ》だ‼」

走りながら現八は叫んだ。

「素手ではとても勝目はない！」

いきなり小屋を崩した小文吾の馬鹿力に驚いて、一瞬追撃の遅れた男たちだったが、すぐに信乃たちに追いついて来た。

雑草のなかで、信乃たちをぐるりと取り囲む。

河原には石が転がっているだけで得物《えもの》らしいものもなく、信乃も現八もどうしようもなかった。

じりっと男たちが輪を縮めてくる。

昼の光のなかで白刃が閃《ひらめ》いた。

「こんなところで死にたくはない」

現八は思った。

武器になるものを探した。

何もない。

現八は石をつかんだ。

信乃もそれに倣《なら》った。

こんなものがどれほどの武器になるのか。

男たちが近づいてくる。

荘助と女をかばうようにして、現八と信乃と小文吾は背を合せた。

男たちの白刃がまっすぐに向ってくる。

現八と信乃は石を握りしめた。これを投げてしまえば、もう武器はない。

その時、河原で物凄《ものすご》い叫び声が上った。それと同時に、石礫《いしつぶて》が飛んで来た。

石礫は信乃の体を打ち、現八の体を打ち、小文吾の体に当り、取り囲む三人の男たちの体にも次々に当った。

信乃たちも、相手の男たちも、石礫をよけることでせい一杯になった。

河原中のものが叫んでいた。

河原中のものが石を投げていた。

川をはさんで両岸から石を投げ合っている。

口々に何か叫びながら石を投げつける。

石に打たれて、血飛沫《ちしぶき》を上げて倒れる男もいた。

膝《ひざ》を打たれて立てなくなるものもいた。

る。

突如として起きた石合戦だった。

誰もが酔いしれたように石を投げている。傷つき倒れるものがいても、振り向きもしない。何かが爆発したような激しさが河原を被《おお》いつくした。

石合戦は「印地《いんじ》」と呼ばれて、元々は厄除《やくよ》けの行事として始まったものだ。戦国時代には、刀折れ矢尽きれば、石を投げて戦うこともあり、石合戦は、しだいに除災祈願よりも戦闘としての意味あいを帯びてくる。戦いのないときにも遊びとして残った。

河原者の間で突如として爆発的に起きる石合戦は、遊びの域をはるかに越えており、日頃のうっぷんをすべて晴らすかのように激しく、無法無頼の精神も加わって、一度始まると誰にも止めようがなかったのだ。

石礫のなかを、信乃たちは走った。

三人の男たちは既に姿を消している。男たちよりも、次から次へと飛んで来る石礫の方が手ごわい敵だった。

現八が頭を打たれて倒れた。

信乃が助け起すと血が吹き出していた。

現八を抱えるようにして、信乃は走った。

小文吾は、両手に荘助と飯盛女を抱えて走る。

やっとの思いで河原から飛び出した時、信乃も現八も小文吾も体中が傷だらけになっていた。

河原の方からは、まだ叫び声が聞えてくる。

物凄い力の爆発であった。

女が路《みち》の脇《わき》の繁《しげ》みに入って、一抱えも草を採って出て来た。

その草を口に入れて嚙《か》む。

「この草の汁は傷によく効くんだよ」

女に言われて、信乃も現八も草を嚙んだ。

小文吾も、同じようにしようとしたが、

「あんたはこれをつけて上げる」

と、女が口から草汁を出した。

小文吾は一瞬ひるんだが、すぐに女の好意を受けた。

女は、自分の口で嚙んだ草汁を小文吾の傷につけながら、

「この人はやさしいねえ……自分の体を盾にして、私たちに石が当らないようにしてくれたんだよ」

女の言う通りで、小文吾の体は傷だらけだったが、女にも荘助にも傷ひとつなかった。

「石礫の方がまだよかった。あのままだと、俺たちはあの男たちに斬り殺されている」

現八が、傷に草汁をすりつけながら言った。

「透破ものが、どうしてあんなところに潜んでいるんだ」

「透破はよくああいうところに潜んでいる。河原者の心を煽《あお》り、一揆《いっき》を起させる役目を持ってな。正面きった戦いの出来ぬ相手を倒すためには、その国で乱を起させるに限る。命が惜しいと思わない河原者は、なまじの侍よりも強い」

確かに、あの無用の石合戦の激しさは、すべてを捨てたものにしかないものだった。

4

宿に帰る途中の渓流で、信乃たちは体を洗った。

女も、着ているものを脱いで清流のなかに入って来た。顔の方はくたびれていたが、体は艶《つや》やかないい肌をしていた。

「肌が白くて肌理《きめ》が細かいのだけが、私の自慢なんだ」

そう言いながら、女は小文吾の体を洗ってやった。

信乃たちは荘助の体を洗った。

荘助は、信乃たちのなすがままになっていた。

何か言いたいことがあったとしても、何も言えない体なのだ。

「せっかく逢《あ》えたのに……」

小文吾が口惜《くや》しそうに言った。

荘助の体を丁寧に拭う小文吾の眼に涙がにじんでいた。

「ほんとに、あんたは気持がやさしいんだねえ……」

女が、白い大きな乳房を小文吾の背に押しつけてきた。

「体が大っきくて気持のやさしい男って、私大好き」

女は、うっとりとした顔で、いつまでも小文吾の背にもたれかかっていた。

小文吾は荘助に着物を着せた。体をきれいに洗うと、衣装の汚れが際立った。荘助は上品な凛々《りり》しい顔をしていた。意志の強そうな、固く引き締った口許《くちもと》をしている。しかし、自分の意志を相手に伝えることも出来ず、相手の意志を聞くことも出来ず、相手を見ることも出来ないのだ。

自分の足で歩くことさえままならない。

「何とか出来ないのか……」

小文吾が涙をぬぐった。

ずっと小文吾の背に体をもたせかけていた女が、不意に起き上り、

「あそこへ行けば、ひょっとしたら治るかも知れない」

と、言った。

「あそことは?」

「富士山《ふじさん》の奥に御坂《みさか》ってとこがあってね。随分と奥深い山の中なのだけれど、そこに右左口峠《うばぐちとうげ》ってところがあるそうなんだよ。その近くを何とかって川が流れていてね、その川を

……」

「そこに一体何があるんだ？」

じれったくなって、信乃が聞いた。

「その滝の裏にね、お湯が湧《わ》いているところがあるんだよ。落ちる水の裏だから人には分からないんだって……その湯につかると色んな病が治るそうなんだよ」

「なんだ、そういうことか……」

現八が、がっかりしたような顔をした。そんな話なら捨てるほどある。

「私だってそう思ったんだよ。なんだ、そんなことかってね……行きずりの客の寝物語だからね、でたらめな噂話《うわさばなし》だろうって思ってたんだよ。でもね、それから何人もの人間が同じ話をしたんだ。自分の知り合いで足が治ったものがいるって……眼が見えるようになった人間もいたし、耳の聞えるようになった人間もいた。この四、五年の間に、同じ話を何度も聞いたんだよ」

女は信乃たちを見廻して言った。

「旅の人間の寝物語だけどね……でも、男って、アレした後にはあんまり嘘《うそ》はつかないものなんだ。アレした後で嘘をつく奴《やつ》は、よっぽど悪い人間なんだよ」

現八は思わず吹き出しそうになったが、信乃が意外にも真剣な顔で言った。

「行ってみるか、そこへ」

「え？」

現八は驚いて信乃を見た。

「ただの噂話にすぎないかも知れない。でも、荘助をこのままにはしておきたくない。治る手だてがあるというのなら、どこへでも連れて行ってやりたい」

「分かった」

現八が言った。

「しかし、富士の奥というと、かなりの道中だぞ」

「私が荘助をおぶって行きます」

小文吾が言った。

5

女は街道のはずれまで送って来た。

「私も旅をしたい……」

人のいい女であったから、出来れば連れていってやりたいと思ったが、女には行きたくても行けない事情があった。

「きっと治るよ。きっと治る。私も毎日富士の方に向ってお祈りしているからね」

女は眼に涙をため、いつまでも手を振っていた。

かも知れない。

信乃たちは、東海道《とうかいどう》を下り、小田原《おだわら》から箱根《はこね》の山を越えた。当時の箱根は、無事に越えることが出来れば幸運だといわれ、盗賊や化け物まで出没する、怖ろしく嶮《けわ》しい深山幽谷《しんざんゆうこく》だった。

小文吾は荘助をおぶって登った。さすがの小文吾も、嶮しい山路に息を切らせている。信乃たちと共に行けるのが嬉しいのか哀《かな》しいのか、荘助の気持は何も分からなかった。荘助の方も、自分が何のため何処《どこ》へ運ばれていくのか分からなかった。荘助と信乃たちのつながりは、三度の食事だけだった。

信乃たちの与えるものを、荘助は黙って元気よく食べた。その元気のよさが、信乃たちには逆に悲しかった。

「何としてでも治してやりたい」

荘助が食物を口に運ぶ光景を見るたびに、信乃も現八も小文吾も決意を新たにした。

空も見えない鬱蒼《うっそう》とした繁みのなかを、小文吾たちは歩いていった。激流の轟《とどろ》く音が近くでしている。山王川《さんのうがわ》がすぐそばを流れているのだ。

信乃たちは気づかなかったが、養老河原の三人の透破のうちの二人が、繁みの中を信乃たちをつけて走っていた。

透破たちには、信乃たちが何者か分からなかったのだ。透破の三人は、自分たちの身を隠すためと日々の糧を自給するために、不具の子供たちを集めて稼がせていたが、そのうちの一人の荘助を、大事そうに連れていってしまった信乃たちが一体何者なのか。首領格は後をつけさせたのだ。

透破の二人は身軽に繁みの中を飛んだ。

信乃たちは山王川に出た。

深い渓谷に一本の吊り橋がかかっている。樹々《きぎ》がずっと続いていたので、気持がひらけて思わず空を仰いだ。

蒼《あお》いきれいな空だった。夏は終りかけていたが、まだ蟬《せみ》の声がする。激流の音と蟬の音が涼し気だった。

小文吾たちは、吊り橋の手前で体の汗を拭《ふ》いた。

荘助をずっとおぶっていたので、小文吾の背はびっしょりと汗をかいている。その汗を拭いてやりながら、現八が改めて感心するように言った。

「大きいなあ、お前の背中は……」

ひと休みして、小文吾は、また荘助を背負って立ち上った。

「行きましょう」

向う岸で鋭い鳥の鳴き声がした。

「どうした⁈」

「苦しいのか⁈」

「どこか悪いのか⁈」

三人が同時に言った。

しかし、荘助は、

「うーッ、うーッ……」

と、せい一杯の唸《うな》り声を上げて、小文吾の背で体を突っ張らせる。

小文吾も信乃も現八も、何が起ったのか分からなかった。荘助は狂ったように体を揺すり、手を突っ張らせ頭を振る。体の動くところを必死で動かしている。

「どうした、荘助⁈」

「何なのだ、荘助⁈」

荘助は、呻《うめ》き声しか上げることは出来ない。

荘助は恐怖を感じていたのだ。自分たちが渡ろうとしている吊り橋の向うから、怖ろしいものが近づいてくる。

何が近づいて来るのか荘助にも分からなかったが、空気を揺がせて近づいて来るものの恐ろしさを、荘助ははっきりと感じていた。

何とかして小文吾たちにそれを伝えようとしていたのだ。

「吊り橋を渡ってはいけない！」

そう言おうとしていた。

しかし、小文吾たちは吊り橋に一歩踏み出していた。

吊り橋を進むにつれて、荘助の暴れ方はひどくなった。

「どうしたんだ、荘助‼」

吊り橋が揺れる。

「そんなに暴れては、危い‼」

荘助は暴れるのをやめなかった。橋を渡るのをやめさせたかった。四人が、向うから近づいて来るものと出会えば、ひとたまりもないことを、眼も見えず、耳も聞えず、口もきけない荘助だけが、はっきりと覚《さと》っていた。

恐怖はすぐそこに近づいてきた。

小文吾たちは何も知らずに吊り橋を渡って行く。

吊り橋の対岸の様子が騒がしくなっていた。

鳥が鋭い叫び声を上げて、次々と飛び立っていく。

静かな山の対岸だけが、突然けたたましくなっていた。

繁みが騒《ざわ》めく。

灌木《かんぼく》の下に棲《す》む小動物がいっせいに動き出しているのだろうか。木の葉が激しく揺れ動騒めき立つ対岸を不思議そうに見つめる。

吊り橋の根元で、けたたましい叫び声を上げて大量の鳥が飛び立った。空を黒く埋めつくして、慌てたように飛び去っていく。

吊り橋を、リスやイタチの類《たぐい》が渡ってきた。

信乃たちの足許をすり抜けて、次々と走り抜けて行く。

「何かが向う岸にいる……」

信乃も現八も小文吾も、対岸から漂って来る妖気《ようき》をはっきりと感じた。

山が一瞬、冷気につつまれた。

信乃たちは、吊り橋の真中で立ちつくした。

その時、荘助の足が小文吾の背を思いきり蹴《け》った。荘助が転げ落ちる。

小文吾が慌てて手でつかもうとしたが、荘助の体は吊り橋の葛《つる》に当ると、一回転してはるか下の激流に向って落ちていった。

信乃が現八が小文吾が、橋から身をのり出す。

荘助の体が、水しぶきを上げて激流に沈むのがはっきりと見えた。

「荘助!!」

小文吾が吊り橋から飛んでいた。激流めがけてまっさかさまに落ちていく。大きな水しぶきが上った。

小文吾の体は激流に沈み、また浮び上った。必死で荘助を探している。

激しい流れに体が思うようにならず、小文吾は渓流を流されていった。

信乃と現八が顔を見合せる。

二人とも同時に飛んだ。

6

不運だったのは二人の透破だった。

信乃たちが、次々と吊り橋から飛び込んでいくのを見て、何事が起ったのかと繁みから飛び出してきて、吊り橋から下を覗いた。

その時、吊り橋の対岸に蟇田素藤たちが姿を現したのだ。

蟇田素藤、船虫、妖之介、泡雪奈四郎、籠山逸東太、岩井幻人、そして毒娘の七人が、勢揃《せいぞろ》いして歩いて来る。まわりの林を騒めかせながら、素藤たちは無表情で近づいてきた。

吊り橋の上の透破が、思わず振り返る。向うから歩いて来る七人に、ただならぬものを感じたのだ。

「逃げたのか、奴等も」

信乃たちが激流に身を躍らせた訳が分かった。

素藤たちが吊り橋に足を踏み入れる。

は。

透破たちは吊り橋を走った。奈四郎と逸東太が追って走った。

殺気が谷を走る。

体の大きな逸東太が走ると、吊り橋が大きく揺れた。体が大きなくせに逸東太は、驚くほど足が速い。

素藤たちは、揺れる吊り橋を表情も変えずに渡ってくる。

言い知れぬ恐怖に襲われて、透破たちは走った。吊り橋を渡り終って、繁みに向って飛んだ。

同時に、奈四郎の白刃が閃いた。

もう少しで繁みのなかに飛び込もうとした透破の脚が二本、胴から切り離されて落ちた。安定を失った胴が、逆さに回転しながら繁みの中に落ちる。

奈四郎が、繁みに走った。

足場の悪いところで充分に腰を落し、刀を横なぎに二度払った。

風をまっ二つにするような鋭さだった。

透破の胴から首が飛び、胴そのものも二つに分かれて繁みの中に落ちた。

もう一人の透破は反対側の繁みに飛んだが、あと少しというところで逸東太に足首をつかまれてしまった。

そのまま宙を一回転するように大きく振り廻されて、物凄い勢で地面に叩きつけられた。透破の頭はぐしゃりと潰れ、腹が裂け内臓《はらわた》が飛び出した。

逸東太は、透破の体をもう一度大きく振り廻すと手を離す。透破は、体のなかのものを撒《ま》き散らしながら血飛沫と共に遠くへと飛んでいった。

素藤たちが吊り橋を渡って来た。何事もなかったように、そのまま歩いて行く。

奈四郎が黙って後に続いた。

逸東太も後に続いた。

二人共、満足気な顔をしていた。

7

山王川の激流の中で、小文吾は荘助を見つけた。

荘助の手が激流に流されている。小文吾が必死で近づこうとしたが、激流のなかでは体が思うように動かない。川床の岩に叩きつけられ、体が一回転し、岩と川底の間に挟まれ、小文吾は必死で浮き上った。自分を助けることだけでせい一杯だった。

荘助は木の葉のように流れて行く。

川の音が大きくなった。

「滝だ！」

小文吾は必死で水を蹴った。

流れが速くなった。

滝が近づいたのだ。

はるか向うで、荘助の手が見えた。手がもがいている。

「何かにつかまれ‼」

小文吾は必死で叫んだ。

荘助には聞えない。

聞えたところで、激流に洗われて滑らかになった岩が転がっているだけで、つかまるものはない。どうすることも出来ずに、小文吾は流れていった。

川が轟くような音になった。

滝だ。

「荘助‼」

荘助が滝を落下していくのが見えた。

小文吾も引き込まれるように落ちていった。

小文吾は気づかなかったが、そのすぐ後で、信乃と現八の二人も、渦巻く滝壺のなかに落下していったのだ。

どこまでも沈んでいった。

水底《みなそこ》に押しこまれるように下へ押し込まれて向っていった。

滝壺のなかは、驚くほど深かった。

下へ下へと小文吾は沈んでいった。

あれほど激しかった水音が、少しも聞えない。

耳が痛かった。押しつぶされるような気がする。

滝壺の下の水泡が見えなくなった。

水が濁りはじめた。

光の少ない濁った水のなかで、小文吾は荘助の体を見つけた。すぐ傍《そば》で、荘助の体がくるくると廻っていたのだ。

小文吾は荘助の足をつかんだ。つかんだと同時に、自分の体も廻っていることに気づいた。水流に押され、くるくる廻りながら、底へ底へと向っていっていたのだ。

気が遠くなりはじめた。荘助の足をつかんでいるのが苦しい。

「もう駄目だ」

小文吾は思った。

その時、何者かが小文吾の脚をつかんだ。

水底に何か棲んでいると、小文吾は思った。

つかんで来るものをはねのける力は、もう小文吾にはなかった。

四人は、お互いにつながったままで、ぐるりと廻った。

荘助の手が、現八の足をつかんだ。

四人は輪になった。

輪になって、滝壺の水中深く、ぐるりぐるりと廻った。

その輪が、四人の体を少しずつ水底から浮ばせた。意識を半ば失いながら、四人はお互いの足をしっかりとつかんで放さず、滝壺から離れた水面に、ゆっくりと浮び上ってきた。

小文吾の眼に空が見えた。

一回転してまた水中に沈んだが、滝の音がはっきりと聞えて来た。

「助かった……」

と、小文吾は思った。

信乃の眼にも青空が見えた。

「助かったのだ……」

信乃は水を吐いた。

現八の眼にも青空が見えた。すぐにまた沈む。しかし、滝の音がはっきりと耳に聞えた。

「助かった……」

現八は大きく口をあけ、肺に力一杯空気を吸い込んだ。

荘助の眼には空は見えなかった。滝の音も聞えなかった。

しかし、荘助の頬《ほお》は、水面を流れていく風をはっきりと感じていた。

「助かった……」

荘助も思った。

四人はまた御坂に向った。

小文吾は、荘助の体が落ちないように、しっかりと紐《ひも》で背に縛りつけた。

小文吾も信乃も現八も、荘助が自分たちの命を救ったことには、少しも気づいていなかった。

第十二章　悪霊の城

1

安房の隣、夷隅郡館山《いすみごおりたてやま》の地に暗雲がたちこめ始めた。

館山は、風光明媚《めいび》な里であり、気候もよく土地も豊かで、海山《うみやま》の産物も多く採れ、しごく穏やかな国だった。その上、館山城主・小鞠谷《こまりや》主馬助《しゅめのすけ》如満《ゆきみつ》は、争いを好まない温和な性格だったので、城下の百姓、漁師たちも、のんびりと平和に暮していた。

その城下が、にわかに乱れ始めた。

家のなかでも外でも、人の争う声が多く聞かれるようになり、百姓は鍬《くわ》を捨て、漁師は網を捨てた。

小鞠谷如満が人をやって調べさせたところ、城下の乱れは、すべて殿《との》の台《だい》にある諏訪《すわ》神社から発していることが分かった。

信心深い敬虔《けいけん》な男女を集めていた諏訪神社が、いつの間にか邪教の巣となっていたのだ。

邪教の主は、蟇田素藤なる怪し気な男であることも分かった。

本当の神主は、とっくの昔に逃げ出していた。

「思うがままに生きよ」

素藤は、神殿・大広間の壇上から言った。

「何を遠慮することがある。誰《だれ》に遠慮することがある。お前たちは、自分の意のままに生きる力を持っているのだ。お前たちは、その力を、子のため、親のため、家のため、主《あるじ》のために、押し殺しているのだ。なぜ、そんなことをしなければならぬ。お前たちは、お前たちの欲するままに生きているだけなのだ。殺したければ、殺せ。犯したければ、犯せ。奪いたければ、奪え。親も子もなければ、子も親もない。主と従もなければ、従と主もない。この世は強いものが勝つ。強いものが弱いものを殺す。強いものが弱いものを犯す。強いものが弱いものから奪う。ただそれだけなのだ」

諏訪神社の神殿の前の広間一杯に茣蓙《ござ》が敷かれていた。

その上で、裸の男女が蠢《うごめ》いていた。大乱交が行われていたのだ。誰と誰が、どんな風につながっているのか分からない。

一人の女に飽きると、別の女を求めた。

一人の男に飽きると、別の男を貪《むさぼ》った。

男に犯されて喘《あえ》ぎつづけている女の口に、別の男が股間《こかん》のものを押し込んだ。女は男の

その女から離れると、別の女に飛びかかっていった

神殿の中が淫臭《いんしゅう》で満ちた。

壇上には、素藤、船虫、妖之介、奈四郎、逸東太、幻人、毒娘の七人が、ただじっと坐《すわ》っていた。何十人という素裸の男女が、悶《もだ》え、喘ぎ、遊牝《つる》み合っていても、何の興味もない顔をしていた。

ただ一人、ニタリニタリと笑っていたのは岩井幻人だった。

神殿の人間たちは、鹿茸精《ろくじょう》の入った走魔酒《そーま》を飲まされていた。

走魔酒は人の心を麻痺《まひ》させる。鹿茸精はオオジカの角から採った強烈な催淫剤《さいいんざい》である。そのふたつを混ぜ合せて人に飲ませればどんな風になるか、神殿の男女は、幻人の実験材料だったのだ。

実験は、幻人の思い通りの結果になった。

神殿に集って来た男女は、御霊様の秘酒だといって、入口でその酒を飲まされた。初めは何事もないのだが、神殿に坐り、怪し気な素藤の説法を聞いているうちに、体が熱くなり、堪《こら》え切れなくなって来る。

神殿の男女は、それを酒の効き目と思わず、素藤の説法のせいだと思っている。あんな少量の酒が、そんな効き目を発するとは思わなかったし、素藤の説法には摩訶《まか》不思議な魅力があった。

男女の体のほてりが頂点に達した頃《ころ》を見はからって、素藤が、

「お前たちは、お前たちの欲するままに生きていいのだ。殺したければ殺せ。犯したければ犯せ。奪いたければ奪え」

と、やると、傍の女に飛びかかる男が出てくる。女が男に飛びかかる場合もある。それから後は、雪崩《なだれ》を打ったように、すべての人間が乱交を始めるのだ。

親も子もなかった。娘と一緒に来て、その娘を犯す親もいた。息子と遊牝《つる》む母親もいた。

神殿に集って来た人間は、何もかも忘れて、ただひたすらに交った。

薬のせいで、自分のなかに、日頃にない力を感じ始めていた。他人がすべて、自分より弱く見えた。男も女も、力ずくで近くの人間を犯し、自分の力に陶酔したのだ。

百姓や漁師にとって、一度も経験したことのない眼《め》の眩《くら》むような感覚だった。

神殿へ来たものは、その時のことが二度と忘れられなくなる。

そこには、畑を耕す苦労も、漁に出る辛《つら》さも、子を育てる苦しみも、女房のぐちを聞かされる苛立《いらだ》ちも、一切がなかった。

あるのは、果てしない強烈な快感だけだ。

快感は、自分を自分でなくしてくれた。自分が自分でなくなる、こんな陶酔感は他にはない。一度諏訪神社へ来た人間は、もう一度ここへ来たい、ただそれだけのために生きることになる。

それだけが生きるすべてになる。

2

幻人は、神殿で様々な毒を試した。

人を狂わすというチョウセンアサガオを、数人の百姓に飲ませてみたら実際に狂った。百姓たちは、自分が誰か分からなくなった。あるものは、鳥になり獣になり、あるものは魚になり蝶《ちょう》になった。

素藤たちが興味を示したのは、広間一杯の大乱交よりも、こちらの方だった。

狂うとは、心と体が離れ離れになっていくことだ。幻人の毒で、百姓の心と体が少しずつ離れていく様子を、素藤たちは興味深げに見守った。

百姓が蝶になって飛ぼうとすると、素藤たちは声を上げて笑った。素藤や船虫、妖之介たちが、いっせいに声を揃《そろ》えて笑ったのは、その時が初めてだった。

幻人は、フィゾスチグマを試した。これは非常に美しい花なのだが、その根についている豆が猛毒なのだ。

「これを試すのは初めてだ」

幻人は言った。

その毒を吹きつけられた女は、一瞬にして呼吸麻痺を起して死んでいった。

幻人はまた、「竜王湯おろし」という堕胎薬《だたいやく》も試した。これは灯心草《とうしんそう》とか紅花《べにばな》とか芍薬《しやくやく》とか、何種類かの薬草が入っているのだが、それを飲むと子供が流れた。

「これからは子供を妊《はら》むことを怖《おそ》れなくともよい。欲しいものはいつでも取りに来い」

幻人が神殿で言うと、女たちが次々と「竜王湯おろし」を貰《もら》い受けに来たが、確かな効き目のあるその薬は、人々の乱れにさらに拍車をかけた。

「これは、鴆《ちん》。毒蛇を食《くら》う鳥じゃ。この鳥の羽毛で人の体を撫《な》でると死ぬという。羽毛を酒にひたしたものを飲むと死ぬという。羽毛でひと撫でした飲物を食《くら》うと死ぬという」

幻人は、一本の羽毛を、船虫や妖之介に向ってヒラヒラと振って見せた。

幻人の言うことが本当かどうか分からなかったが、これまで幻人の試すことを見せられているだけに、船虫や妖之介でさえ慌てて逃げ散った。

それを見て、幻人がしわがれ声でいつまでも笑い続けた。

「これは女《おなご》を美しく見せる薬、試してみなされ」

脅したことを悪いと思ったのか、幻人は、船虫に植物のしぼり汁をさし出した。

船虫は気味が悪かったが、幻人があまり薦めるので、自分を殺すことはないだろうとそのしぼり汁を飲んだ。

そのとたん、船虫の眼が生き生きと輝き、妖艶《ようえん》さが一際ひき立った。

「確かに美しくなった……」

妖之介も思わず言った。

「これは耽美草《べらどんな》と言って、西洋の植物じゃ。耽美草《べらどんな》とは、美しく貴い女性という意味でな……この草に含まれているアトコピンが、瞳孔《どうこう》を広大させて瞳《ひとみ》を輝かせるのじゃ」

幻人はそれを舶虫に賄った、様々な薬を、いや毒を持っていた

幻人というのは、五、六世紀に西アジアやインドから、中国の都・長安《ちょうあん》や洛陽《らくよう》に向って やって来た奇術師たちのことである。彼等は、自分で自分の首を斬《き》り落して、その首に薬をつけてまたつないで見せたり、舌を切って、また元通りにくっつけたりして、人々を驚かせたと言う。

岩井幻人の出生は分からなかったが、その幻人の流れをくむものかも知れなかった。

館山に来てからは幻人の一人舞台で、小さな体を忙《せわ》し気に動かし、人を狂わせ、人を毒殺し、人を痴呆《ちほう》にし、人を淫《みだ》らにし、子を殺し、嬉《うれ》しくてたまらぬ様子で笑い続けたのだ。

3

城下の乱れの原因が諏訪神社にあることを知った小鞠谷如満は、老臣兎巷幸弥太遠親《うちまたこうやたとおちか》を呼びよせ、

「領内で、蟇田素藤と申す曲者《くせもの》が、民をまどわせ、神がかりの妖術《ようじゅつ》を用いているともっぱらの噂《うわさ》じゃ。勝手に諏訪神社の神官となって社地を占め、民を背かせているという。今のうちに搦《から》めとり、民百姓の迷いをさまさなければ、必ず後顧の災となるであろう。そちはただちに諏訪神社に行って、素藤を捕えて参れ」

と、命じた。

遠親は手兵を集めたが、この遠親も、秘《ひそ》かに諏訪神社に通っていたのだ。

遠親は、船虫の体の虜《とりこ》になっていた。遠親が館山城の重臣であることを知った船虫が、体を与えたのだ。遠親は、その快楽が忘れられなくなっていた。走魔酒を飲み船虫の体を抱くと、信じられないような快楽の淵《ふち》に沈むことが出来る。

遠親は、手兵を諏訪神社の近くで待機させ、自分一人が諏訪神社に入っていった。城主からこのような命令が出ているがどうすればいいか、当の素藤に相談したのだ。

「殺せ」

素藤は即座に言った。

「え?!」

遠親は驚いた。城主に刃向うことなど考えたこともなかったのだ。

遠親は、自分が何とかうまく取り繕うから、一度だけ諏訪神社から退出してはもらえまいかと、素藤に頼んだ。しかし、素藤から返って来たのは、

「殺せ」

と、ただ一言だけだった。

「殺すのよ……簡単なことじゃないの……殺すのよ」

船虫は白い腰を揺すりながら、遠親の耳に囁《ささや》き続けた。

遠親は、船虫の白い肉体にからまれていた。からまれたままで揺すられ続ける。下にいる船虫の体がゆるやかにくねると、遠親の体の芯《しん》にいいようもない快楽が押しよせてくる。

快楽は、体の芯を通って、体全体に拡がっていく。

遠親は喘いだ。

「いい……お前はいい……」

「そうだろ……そうだろ……」

船虫は腰を揺すり続ける。

船虫の体が、信じられないほどの柔らかさでうねる。どんなに動いても、船虫の股間は、遠親の体の芯をくわえて離さない。生暖かい襞《ひだ》のひとつひとつが、ザワザワと蠢《うごめ》く。

「ああ……ああ……」

遠親が声を上げた。

船虫の体が揺れる。

「殺すんだよ……殺すんだよ……お前の殿様は素藤さまじゃないか……小鞠谷如満なんか殺すんだよ……ほら、殺すんだよ……ほら、殺すんだよ……」

船虫は、言葉に合わせてゆらりゆらりと腰を揺すり続けた。

諏訪神社を出た遠親は、手兵を連れて城に戻った。

「どうした？　なぜ素藤とやらを搦め取って来なかった？」

訳を聞こうとした如満の鼻先に、遠親は刀を突きつけた。

「な、何をする?!」

何十年と忠実に仕えてくれた老臣がいきなりそんなことをしたので、如満は仰天した。

「狂ったか、遠親?!」

重臣の何人かが刀を抜いて駈《か》け寄ろうとした。

その体が袈裟《けさ》掛《が》けに斬り倒された。

他の重臣も抜刀して、同輩を斬ったのだ。

素藤の妖術に狂わされていたのは、遠親だけではなかった。

遠親は如満を斬ろうとした。しかし、何十年も仕えてきた主君をどうしても斬れない。

「このまま城から逃げて下さい。そうすれば、私は殿を殺さずにすむ」

遠親は哀願するように言った。

重臣たちにも裏切られていることを知った小鞠谷如満は、元々戦いを好まぬ性質でもあり、遠親の言うままに、女子供、それに僅《わず》かな供を連れて城を出た。

その後、遠親は、船虫の言葉通りに蟇田素藤を城主として迎えた。

4

素藤は、遠親が小鞠谷如満を逃がしたことを知っていた。

素藤の目的は館山城へ入ることだったから、小鞠谷如満が殺されようと逃げ出そうと、どちらでもよかったのだが、

「私の命令を守らぬものは生かしてはおけぬ―

と、城へ入るやいなや遠親を斬って捨てた
城の外に向っては、

「主君に逆った謀反人《むほんにん》を討った」

と、言いふらした。

館山城は、海に突き出した断崖《だんがい》の上に立つ、要塞《ようさい》のような城だった。

温和な小鞠谷如満が城を守ってこられたのも、地の利のよさがあったからなのだ。

城の三方は、波濤《はとう》が砕ける断崖絶壁だった。

断崖には、城の地下へ潜《もぐ》る秘密の入口が造ってあったのだが、海中に没したその入口は、容易に分からなかった。この城の城主は、一方の城門だけを守っていればよかったのだ。

素藤は、ひと目見た時から、断崖の上に立つ異様な城が気に入っていた。

「里で一番美しい娘を連れ去ってこい」

城を支配した素藤が最初に命じたことは、それだった。

臣下の侍たちは、馬を駈って、それぞれの里で評判の美しい娘を攫《さら》ってきた。

素藤は、娘たちを一列に並ばせ、その中でも一番美しい娘を一人だけ選んだ。

娘は、硯《すずり》村の水澪《みお》という娘だった。その名の通り、しっとりと潤《うるお》った白い肌をしていた。

まさに今が盛りの美しさだ。

その澄んだ大きな眼を見て、

「耽美草《べらどんな》を飲ませて見よう」

と、船虫が言い出した。

実際に飲ませてみると、その瞳はますます輝きをまし、肌さえもが一際《ひときわ》潤ったように見えた。

「きれいだよ、お前は……」

船虫は、水澪の顔を撫で廻《まわ》し、自分が欲しそうな顔をしたが、

「これは大事な娘だ」

と、素藤は船虫を娘から引きはなし、水澪の体を湯殿で清めさせて待機させた。

素藤が、水澪を何に使おうとしているのか、誰にも分からなかった。

そして、その夜——


その夜は、黒雲が空をおおい、星ひとつ見えない闇夜《やみよ》だった。

嵐《あらし》のような風が海から吹きつけ、うねりが断崖に叩《たた》きつけた。

素藤は、船虫、妖之介、奈四郎、逸東太、幻人、毒娘たちを、城の天守閣に集め、一列に並んで坐らせた。

そして、水澪を呼びにやらせた。

水澪は、攫《さら》われて城に連れて来られ、湯殿で体を清めて待機させられた時から、殿様の夜の伽《とぎ》に供されるのだろうと、覚悟はしていた。

天守閣へ連れて来られた水澪は、そこに七人の人間が坐っているのを見て、一瞬足を竦《すく》

天守閣は風が吹き抜け、七人の人間は風にあおられるままに、身じろぎひとつしないで坐っていたのだ。

水澪が連れて来られても、表情ひとつ変えなかった。

水澪は、それまでの予想とまったく違って、いきなり裸に剝《む》かれて天守閣から吊《つ》り下げられた。

断崖で、波濤が飛沫《しぶき》を上げて砕ける。

水澪は、海に向ってまっ逆さまに吊り下げられた。黒髪が長く垂れる。

水澪は悲鳴を上げた。

七人の人間たちは、水澪の悲鳴を黙って聞いていた。

闇のなかに逆さ吊りにされた白い女体が、恐怖のあまりに宙で踊る様をじっと見つめていた。

七人の誰もが口をきかなかった。

水澪ひとりが叫んだ。はるか下では白く波が砕け散っている。上は暗黒の空である。自分がどうされるのか分からない恐怖で、水澪は狂いそうになっていた。

両足首を縛られた逆さ吊りの体を、右に左にくねらせたが、それ以上どうすることも出来なかった。

海へ向って長く垂れ下った黒髪が揺れる。

「あの娘は御霊様に捧げられたのだ」
虚しく闇に踊る水澪を見つめながら、素藤が言った。
海から陸へ、暗雲が走った。
風がますます強くなる。
断崖で砕ける波が一層白く大きくなった。
突如として、雷鳴が轟《とどろ》く。同時に、黒雲の間から、鋭い稲妻が海に向って走った。
逆巻く波が一瞬くっきりと見え、水澪の白い肉体《からだ》が闇に鮮かに浮び上った。
水澪がまた大きく叫んだ。
女体が白く踊り、黒髪が嵐に揺れている。
また、大きな雷鳴がした。
稲妻が城に向って走った。
断崖の上の館山城が、鮮かに夜の闇に浮び上る。
水澪が失神した。
天守閣の七人は、嵐の吹きすさぶ天守閣で、身じろぎひとつしないで坐っていた。
一段と激しい雷鳴がし、稲妻が城に叩きつけられる。
「光は一瞬だ。しかし、闇は永遠に続く」
素藤が、暗黒の空に向って言った。
その時、空をおおう黒雲に、ひとつの裂け目が出来た。裂け目の向うが、どこよりもかった。

黒雲の向うから、赤い大きな月が出てきたのだ。

血塗られたような色の赤い月だった。

赤い大きな月は、暗黒の空にぽっかりと浮んで、地上にいるものを睨《にら》み下しているようだった。

風が一段と激しく吹いた。

波濤が崖《がけ》の上まで飛んだ。

雷鳴が天と地を揺がす。

稲妻が、天守閣から海へ向って吊り下げられた白い女体めがけて走った。

垂れ下った水澪の黒髪に、ぽっと火がついた。

たちまちにして火は大きく燃え上る。

水澪が悲鳴を上げた。黒髪の炎が白い体に燃え移る。

女体は一本の松明《たいまつ》になり、闇のなかで明々と燃え上った。

やがて、縄が焼けて、水澪は一本の火の柱となって海に落ちていった。

次の瞬間、火の柱は音もなく爆発し、火の玉が飛び散った。

八つの赤い火の玉が、暗い空に向って飛び去っていくのを、船虫たちははっきりと見ていた。

「御霊様が、乗り移られた」

素藤がかすれた声で言った。

「悪霊の城」

館山城はいつともなくそう呼ばれるようになった。

「あの城は生きている」

そんな噂が、城下でしきりに囁かれるようになったのだ。

あの夜、暗黒の空に向って飛び散っていった赤い火の玉は、八つだった。

しかし、天守閣には、素藤を含めて七人の妖鬼《ようき》しかいなかったのだ。

あとひとつ。

それは、何を意味するのだろうか。

第十三章　八人目の男

堂山《どうやま》の紅葉が鮮かに色づいていた。

山の中腹に、絶壁にへばりついた観音堂《かんのんどう》がある。俗に崖《がけ》の観音と呼ばれていたが、観音堂にお参りに来たときに、人々は、色とりどりの紅葉の下で三々五々弁当をひろげていく。ゆるやかな道が、観音堂から山頂に向ってくねっている。人々はあちこちにかたまり、房《ぼう》総《そう》の秋を楽しんでいた。

突然麓《ふもと》の方が騒がしくなった。叫び声がする。

弁当をひろげていた人々が、飛び散るように逃げまどった。

地面を轟《とどろ》かすような響きがしたかと思うと、裸馬が四、五騎、団欒《だんらん》を楽しむ人々を蹴《け》散《ち》らして、砂塵《さじん》を上げて走ってきた。

それぞれの馬に若い男たちがしがみつき、叫び声を上げて馬を逸《はや》らせている。男たちの体で、ちぐはぐな甲冑《かっちゅう》が音をたてて揺れていた。

手、足、胴、てんでバラバラだ。髪はざんばら、足は裸足《はだし》だ。

「どけーッ‼」

先頭の若いのが、坐《すわ》り込んでいる人々を怒鳴りつける。

突然の乱入者に、人々は弁当を抱えるひまもなく、道の脇にすっ飛んで逃げた。鼻先をかすめて馬が狂ったように走る。

「うわーッ‼」

若いのは、興奮しきって声にならない声を上げている。

紅葉見物の百姓が、その顔を見て舌打ちした。

「また、親兵衛《しんべえ》の奴《やつ》か……」

裸馬にしがみつき、先頭を切って叫んでいる男の名は親兵衛といった。

他の連中は、その悪童共だ。

用があって堂山に来たわけではない。観音様に参ろうという殊勝な気持など露ほどにもない。人々が団欒を楽しんでいるところへ裸馬を突っ込ませることが、ただ楽しいのだ。

紅葉見物をしていた人々は、顔をしかめ、舌打ちはするものの、半ばどうしようもないという顔で親兵衛たちを見送った。

その親兵衛が、裸馬から振り落される。地に転がる親兵衛をよけようとした後の馬から、悪童共が振り落される。道に叩《たた》きつけられた。

家族連れがニタリと笑った。いい気味だ。

馬は走り去ってしまう。

親兵衛は言葉にならない声を上げて、跳ね飛ぶように起き上った。獣が吠えているような具合だ。

若い獣たちは、体に力が満ち溢《あふ》れ、自分でもそれを扱いかねているのだ。音をたてて馬から振り落されても一向に平気で、叫び声を上げて道を走り出す。手に刀を持っている。刀も甲冑も、戦乱の時に死武者から奪ったものに違いない。

悪童共は侍気取りなのだが、泥にまみれた顔はどこから見ても百姓面《づら》だった。

「オレは侍になるぞ！　侍になって天下を取る‼」

親兵衛が刀を紅葉に叩きつけた。

鮮かに色づいた葉が無残に散され、くるくると宙に舞って落ちた。

悪童共がそれを真似《まね》る。

紅葉が次々に宙に舞った。

路傍《ろぼう》の人々が顔をしかめる。悪童共はそれが面白いのだ。

紅葉見物の人々は、諦《あきら》めきった顔で突風が吹き去るのを待った。

馬から振り落された時に顔を地面に叩きつけ、そのかすり傷から血が滲《にじ》んできたが、親兵衛たちは平気だ。用もないのに刀を振りかざし、叫び声を上げて山路《やまみち》を駈《か》け上っていく。

ともかくも元気なのだ。

この親兵衛という男が、実は、道節や信乃たちが探し求めていた里見の八犬士の最後の一人だった。

道節、信乃、毛野、現八、小文吾、大角、荘助に続く、八番目の男。

同時に、館山城に巣食った妖鬼たちにとっても、最後の一人だった。

素藤、船虫、妖之介、奈四郎、逸東太、幻人、毒娘に続く、八番目の男。

親兵衛は何も気づいていなかった。自分の心の中の「善」と「悪」に、少しも気づいていなかった。自分の心に潜《ひそ》む「光」と「闇《やみ》」にも、少しも気づいていなかった。

本書は一九八二年十一月にカドカワ・ノベルズとして刊行された作品を定本としました。今日では差別的表現とされる用語が使用されています。しかし、この作品の時代背景を考慮し、また差別的意図を持って書かれたものではないことなどを考え、発表時のままといたしました。

（編集部）